同心啟航

Nottakorn 著

璟玟 譯　瑞讀 繪

上

 目錄

⚓ 作者序

其實啊，Ton 是抽籤來的男主角 :)

我把 Ni 友幫的名字寫在紙上，放進桶子裡搖一搖然後抽籤，第一個被抽到的人是 Nai，重新抽的時候則抽到了 Intha，Ton 才是最後抽到的人！

其實⋯⋯我本來就打算寫他的故事了，因為他很像我一個朋友，臉凶歸凶，個性卻很搞笑，是一個非常有存在感的人物。如果你想知道有多搞笑的話，一定要看這一部，你將會發現⋯⋯我哥操我操得好凶喔！:)

既然有了領航員 Tonhon，那也要有海洋讓他航行吧！這就是這一次男主角名字的由來，這個超級愛 Ton 哥的小男孩⋯⋯。

Tonhon － Chonlathee（譯註：意思分別為「領航員」和「海洋」）

就連名字都如此匹配，誰能將我倆拆散，不可能！

這是一篇青春洋溢的純愛故事，我希望大家讀的時候能夠吃糖吃得合不攏嘴。

愛你唷！

寫這一篇的時候，我把自己化為粉紅獨角獸，躲在 Ton 哥和小 Chon 的床底下 :)

這隻獨角獸努力幫忙好幾百次，就是為了實現他們的愛情心願。

最後要謝謝可愛的 Deep 出版社編輯團隊讓我一直煩你們，以及謝謝各位讀者為我加油，無論是透過留言、Line、推特、臉書粉專等方式，還有送來源源不絕的零食小禮物，謝謝你們。

每一次我都會這樣說──

愛你喲！

Nottakorn

⚓ 序幕

「天氣真好。」

Chonlathee 一如往常看著窗外感嘆，纖細的手臂打開隔著陽台和房間的落地玻璃門。

今天的天氣就如 Chonlathee 所想的一樣晴朗，微弱溫暖的陽光加上海風徐徐，總是讓人感覺舒暢，讓原本的好心情變得更好。

這一個星期以來，他都像個神經病一樣天天雀躍不已。這一切都是因為大學入學考試已經放榜，他考上了 Ton 哥就讀的那一所大學！

這要他怎能不高興？畢竟他從小就暗戀對方。不過直到現在，他始終只敢遠觀、在一旁關心，哪敢有所冒犯。

一邊伸懶腰一邊呼吸新鮮的空氣，Chonlathee 腦中忍不住想像第一天報到的畫面，應該可以像小時候那樣，有機會跑去偷看 Ton 哥打籃球吧？一想到這，他就止不住唇邊的笑。畢竟自從好幾年前 Ton 哥全家搬去曼谷之後，便再也沒看過了。

再過不久，就可以見面。

犀利的眼神，總是露出凶狠表情的臉，以及胸口那一道船錨刺青……。

「好酷唷……」想到這，Chonlathee 嘴角忍不住露出

微笑，轉身走回寬敞的米白色臥室內，然後再從系列傢俱中的書桌上拿起筆記型電腦，到柔軟的床鋪上坐下。

好想念Ton哥喔，別罵我誇張，因為當我知道跟他考上同一所大學之後，每一道呼吸裡都是隔壁鄰居哥哥的臉，在與他相見之前，只好天天滑那個粗暴傢伙的臉書以解思念。

今天早上也是一樣。

Chonlathee先點進自己的臉書，滑鼠在搜尋欄位上點一下，幾乎不用浪費時間輸入文字，Ton哥的名字就列在搜尋紀錄的第一位，像是在呼喚他趕緊點進去似的。

……果然Ton哥很少會發新動態，大部分都是因女朋友tag他而出現的照片，說到這裡，Chonlathee就不自覺隱隱心痛，從小暗戀的人居然被搶走了，而且對方還長得超級漂亮！

「不是說好暗戀的嗎？怎麼不自覺又去跟人家比較起來。」

甩頭撇開腦袋裡的思緒，Chonlathee繼續滑動頁面瀏覽對方的照片，說不上來到底最喜歡那一張，不過如果硬要選一張的話，應該就是Ton哥打籃球的照片吧 —— 上半身完全裸露，胸前刺青與腹部上的六塊肌線條明顯可見。

可說是非常吸引人，外表條件一流的男人。

「咦！和Amp姊的合照怎麼不見了？」

整齊的眉毛彎成完美的曲線，眉頭卻皺得幾乎可以打蝴蝶結。

Amp是Ton哥女朋友的小名，兩人的合照經常貼滿整個臉書動態，多到礙眼。

可是今天早上，卻全都消失了……。

這個情況有點異常，Chonlathee的柯南魂立刻被召喚上身。

不一會兒，他終於得到答案。

在Amp姊的臉書上，貼著她和另一個男人的合照，至於Ton哥的臉書則……。

－現居曼谷，泰國

－單身

－ xxxx已追蹤

「單身……單身……單身!!!」Chonlathee雙手顫抖地放下筆電，轉頭看向鏡中的自己，要笑不笑的表情有點像白癡，但這不是重點，重點是……。

「媽，媽！Ton哥單身了！」

⚓ 第 1 章

「媽……Ton 哥恢復單身了！」

「Chon 啊，你是怎麼回事，這麼大聲嚇到我了。」

「媽，Ton 哥單身了。」

「然後呢？」

「吼！媽！他單身了啊！我暗戀的人現在沒有對象，從現在開始我就可以一直看著他，心裡也不用再感覺內疚了啊！」Chonlathee 一邊喊，一邊看著正在滑手機的母親大人。

大宅裡只住了自己和媽媽兩個人。爸爸在小時候就離世了，因為這樣，他和媽媽的感情特別好，可說是無話不談，包括暗戀 Ton 哥的事。

「我早知道了，剛好我正在跟 Ton 的媽媽、你 Tai 姨聊天，她說這次真的分手了，現在 Ton 傷心到不成人樣，這也難怪……都已經交往七年了嘛。」

「真的好可憐喔，媽跟 Tai 姨說，把 Ton 哥送來這裡，Chonlathee 可以幫忙安慰他。」坐在媽媽旁邊的椅子上，Chonlathee 順手拿起盤子裡的蘋果起來吃。「跟 Tai 姨說，把 Ton 哥裝進袋子裡丟到我這吧！」

「你最好當著他的面嘴巴也能這麼厲害喔！因為過兩、三天 Ton 就要回來了，而且就住在我們隔壁的大院宅裡。」

「如果Ton哥見到現在的我，不就會發現我是個娘娘腔……蛤!!!???」意識到剛剛母親的話，Chonlathee咬到一半的蘋果掉到了桌上，淡棕色的大眼驚愕地看著媽媽問。「妳剛才說什麼？」

「我說，Ton要回來了，瞧你大驚小怪的，他要住自己家的房子有什麼好奇怪的嗎？」

「真的假的！妳沒騙我吧？」……Chonlathee驚慌失措地問。

「幹嘛騙你？不過我認為，如果讓Ton見到你現在的模樣，驚喜應該會變成驚嚇，麻煩你先拿掉頭上的髮箍，蝴蝶結都快比臉大啦！」

「我覺得很可愛啊……」Chonlathee從椅子上站起來，隨手拿起附近的小鏡子。

沒見到Ton哥的這些年，鏡子裡的自己已經變了許多。

還沒發現自己喜歡男生前，平常打扮也就和一般男生沒兩樣，但自從Ton哥去曼谷讀書之後他才覺醒，進而大方出櫃，表示自己不喜歡女生。

圓滾滾的大眼總是戴著隱形眼鏡，讓他看起來像個小男孩一樣可愛。小巧的鼻子、紅潤的雙唇，配上自然白晰的肌膚。儘管沒有扮女裝或表現得太娘，但怎麼看都沒有直男帥哥的感覺。

「媽，妳覺得如果Ton哥見到我，會不會發現我是個Gay啊？」

「我覺得不會，畢竟你們好幾年沒見過面了。」

「我好怕Ton哥無法接受，這樣我就不能接近他了。其實我要求的不多，只要可以靠近他一點，近距離暗戀他就心滿意足啦。」

「我兒子還真不貪心，要是我的話，義無反顧，全力以赴！能不能到手再說，當初我就是這樣追到你爸的。」

「那是妳，又不是我，不跟妳聊了，我出去剪頭髮喔！再繼續留下去看起來會更娘啊。」Chonlathee拿下頭上有著大蝴蝶結的粉紅色髮箍，撥開已經遮到臉的髮絲，露出燦爛的微笑。

「Chon，你要開哪一輛車出去？」

「我要開粉紅凍奶。」指的是他最喜歡的、粉紅凍奶色的Volkswagen New Beetle（福斯新金龜車）。

「別開太快，路上危險。」

「好！我知道！」

嬌貴的金龜車奔馳在春武里海邊道路上，車上的音樂震耳欲聾，而車主便坐在駕駛座上開心地跟著哼唱。他之所以喜歡這條路，原因就在這裡有著高度反差的風景線。一邊的大海反射炙熱閃耀的太陽光，而另一邊的商店，則能很好的反映出當地人的生活樣貌。

今天他原本打算躺在家裡看韓劇，不過一聽到Ton哥過兩、三天就要回來，便改變主意出來剪頭髮、做臉、買新衣

服打扮打扮自己。

而被他拖出來一起逛街的可憐蟲，便是他的好姊妹——Gam。

將車子開到一處民宅前，Chonlathee拿起手機打電話給好友，沒一會兒，一位纖瘦的女孩就出現在眼前，拉開車門坐到了副駕駛座上。

「突然說走就走，害我差點來不及化妝，而且你今天幹嘛戴眼鏡出門……不是說戴眼鏡有損你的吸引力嗎？」Gam繫上安全帶，看著跟平常不太一樣的好友，感到一頭霧水。

「妳覺得我戴隱形眼鏡的時候可不可愛？我怕自己太可愛讓人為難，所以這種時候當然要掩飾一下囉，等著我的心上人回來找我。」

「誰？誰是Chonlathee大小姐的心上人？」

「還不就是那一個，胸膛上有船錨刺青的人。」

「Ton哥？你說的那個人雖然是Chonlathee大小姐的心上人，卻是別人的老公耶！我認真問你，到底打算什麼時候放棄，然後好好交個男朋友？你的顏值高，家裡又有錢，何必一直單戀有主的草？」

「他跟女友分手啦，這可是Ton哥媽媽親口證實的。」

「那你還不趕快行動？」

「妳瘋啦！Ton哥喜歡女生的好嗎！」

「唉唷！都什麼時代了，喜歡過女生又不代表不會喜歡

男生，不要浪費你的條件，況且你也捨得在男人身上花錢。」

「誰跟妳說我在男人身上花錢？哪有！沒有好不好！除了買禮物寄去給 Ton 哥之外，我從來都沒有送過其他男人東西喔！」

「演唱會跟粉絲見面會的門票呢？比買禮物送 Ton 哥還積極呢！」

「喔……這件事的話，妳我知道就夠了。」Chonlathee 單手放開方向盤，推著快滑到鼻尖的眼鏡，接著轉彎駛進百貨公司的停車場內。

「你應該追 Ton 哥，我認真的建議……」

「我不敢。」Chonlathee 搖頭。

「你自己膽小那就沒轍了，只是我不明白，天下男人何其多，為何單戀那枝草？」

「不知道耶……」他並沒有直接回答 Gam 的問題，只是笑一笑，回想起小時候的往事。

兩人從小就比鄰而居，Ton 哥的媽媽是土生土長的春武里人，而且還是媽媽的好朋友，所以兩人打小就玩在一起，儘管長大之後 Ton 哥就舉家搬到曼谷定居，但偶爾兩家久久也會見上一面。

年紀只相差兩歲，所以從幼稚園到國小畢業前都念同一所學校。

那傢伙從小就是酷哥一枚，個頭又比同年齡的小孩高，所以在學校裡常常當老大。

兩人從小就有難解的緣分，而他便是從這些點點滴滴的小事當中，漸漸被Ton哥所吸引。回想國小的時候，由於長得太可愛導致常常被高年級的學長欺負，這時Ton哥就會替他出頭、找那些人打架，久而久之便沒人敢欺負他了。還有一次是兩家相約出去玩的時候，他被蜜蜂螫到腳，痛得無法走路，那時也是Ton哥揹著他回去找爸媽。

　　除此之外，還有許多深藏在心裡的小故事，都是長大後讓他漸漸迷戀上大哥哥的原因。

　　「Chon，Chon！那邊有位置，快過去停！」

　　「啊……」

　　「哎呀，又出神啦。」

　　「抱歉，我剛剛在想事情。Gam，妳有沒有什麼想買的？我打算順便看一下去宿舍要用的東西。」

　　「不知道耶，我先看一下吧。那你打算住哪裡？好可惜我們考到不同學校，不然我就跟你合租房子住在一起了。」

　　「還不曉得耶，但是我跟我媽說了，想跟Ton哥住在同一棟，不知道有沒有空的房間可以租。」

　　「幹嘛不跟Ton哥一起分租啦，說不定哪天有機會趁人之危，把Ton哥推倒在床……Oops！我剛才都說了些什麼呀！」

　　「嗯，妳這個點子不錯喔。」Chonlathee走進百貨公司之後轉頭看向好姐妹，手心貼在胸口上，像是剛被啟蒙了似的。「睡醒之後，Ton哥就變成我老公啦。」

「你敢嗎？」

「當然不敢，不過如果只是借住的話應該還可以，至少可以接近Ton哥。」

「那你要裝MAN嗎？」

「嗯？什麼意思？」

「要不要我幫忙演你的女朋友？」

「不要，我怕被雷公劈死……等等……Gam，那個男生長得好像Ton哥……」

Chonlathee瞇起眼，遠遠地看著咖啡店裡高個頭的男人。

不過是因為想喝點甜甜的飲料而往這邊走，卻在不經意間與那個男人的視線對上。

凶猛的犀利眼神、堅挺的鼻樑，令人垂涎的嘴脣有型且飽滿……。

啊……每天都會看這個人的照片，怎麼可能認不出來！這就是他心目中的大帥哥Ton哥本尊，而且還不是透過手機螢幕看到的！

眼前男人身穿合身的白色T恤，突顯出壯碩的身材，搭配簡單的牛仔褲，腳上踩的還是高價的帆布鞋。

反觀自己，套著韓國流行的粉紅色大尺碼T恤配短褲，瀏海甚至用美樂蒂髮夾夾著，雖然Chonlathee認為自己其實滿可愛的，可是……。

噢……不！不！不！千萬不能讓Ton哥看到他這個樣

子，現在可不是見面的適當時機啊！

「媽不是說他過兩天才要回來嗎！哎呀Gam！人家該怎麼辦！」Chonlathee趕緊扣住好姐妹的手臂，快閃到對方視線以外的距離。卻發現Ton哥似乎瞄了自己一眼，皺著眉頭一直盯著自己這邊看。

千萬不能被發現，絕對不能是現在！

「Chon！你要拉我去哪裡？」

「此地不宜久留，快逃！」

Gam一邊被拖著走，一邊喋喋不休，等回過神後，才發現已經被好友拉到逃生梯附近躲了起來。

兩人虛脫地坐在階梯上喘氣。

「是Ton哥本人耶！……比照片裡還要帥啊！Gam！」

「哪一個？我都還來不及看到人啊！」

「穿白色衣服，表情很凶的那個。」

「喔……」Gam想起剛剛在咖啡店的情景。雖然沒注意到長相，但印象中是有這麼一個人，那麼高大的身材，眼睛再差都看得到。「Chon啊，那傢伙跟你簡直就像電線桿配公路里程碑呢！」

「我也想不到他已經那麼高了。」Chonlathee試圖控制住自己的呼吸，抓起Gam的手貼在自己心臟的位置上。

砰咚！砰咚！頻率快得好像機關槍似的。

「我的心跳好快喔！」

「所以你才會逃走？」

「不是，我逃走是因為不想讓Ton哥看見我現在的樣子，我頭上還有美樂蒂耶！打扮也有點三八三八的，他有發現我嗎？萬一被發現的話，我真的不知道該怎麼辦了。」

「你為什麼要怕他發現你是Gay？」

「因為Ton哥搬家之前，我還是男生的樣子啊，他搬走之後我才發現自己喜歡男生嘛！」

「所以你才不想被他發現你變了，怕會沒臉見他？」

「差不多就是這樣。」

「那現在要怎麼辦，他人就在這裡啦！」

「照原計畫，先去剪頭髮，改成男生的髮型，然後買男裝換上。Gam，妳要幫我多挑幾件衣服，我得穿好幾天呢！」

「好，但現在先讓我休息一下，害我跑這麼快。」

「我也好喘，感覺快沒命了……」

兩個好姐妹互望對方一眼，雙雙同時沉重地嘆氣。

以後他必須當一個很MAN的Chonlathee給Ton哥看了！

粉紅凍奶色的福斯新金龜車靜靜地停在滿是豪車的停車場內。Chonlathee很清楚自己家裡有錢，而且還是春武里當地的望族，所以他住的地方占地相當大，但以前從不覺得自己家原來這麼大，或許是因為今天前院停著一輛車……相當然爾，那就是Ton哥的車，剛才媽媽傳LINE跟他說Ton哥送伴手禮過來，於是順便把人留下來一起吃晚餐了。

這一切發展的太突然，他瑟縮著自己的身體，覺得自己的家今天怎麼異常巨大……。

躡手躡腳走進家裡，這畫面看起來一定很搞笑。他承認心裡超級忐忑不安，尤其當他靠近客廳，聽到有人在聊天的聲音時，內心顫抖得更厲害了。

Chonlathee把身體貼在牆上，卻還沒做好進屋的心理準備。

再一次檢視自己身上變得不一樣的打扮，依舊保持大尺碼的上衣，不過顏色卻從原本的五顏六色換成黑白灰的低調色系，褲子則改成搭配上衣的黑色長褲，頭髮也剪短了不少。Chonlathee看著鏡子裡的自己，覺得還算滿意，雖然MAN了一點，卻依舊保持著原先的氣質。

反正這是公認的，他這輩子就是離不開「可愛」兩字！

「Chon……到家了就進來吧，幹嘛站在那邊鬼鬼祟祟的。」

熟悉的聲音，讓他不自在地皺起眉頭。

媽，幹嘛現在叫我啦！人家還沒做好心理準備吶！

Chonlathee緊張到雙手發涼，但因不想顯得不對勁，只好硬著聲音回答道……。

「來啦！」

Chonlathee鼓起勇氣，偽裝自信滿滿的樣子走進客廳裡，可眼神卻始終盯著自己的腳尖，不敢與某人有所交會。

「他就是Chonlathee？長這麼大了，我差一點認不出

來，跟Nam姨一樣，個子很嬌小呢！」

「呃⋯⋯Ton哥你好。」Chonlathee雙手合十，向沙發上的大個兒敬禮。回過神來，才發現自己正被對方從頭到腳仔細地檢視，可他低沉的聲音，又忍不住讓人心頭小鹿亂撞。Chonlathee緩了一下，接著才定神看清楚Ton哥的臉，畢竟剛才在百貨公司突然見面時，他措手不及落荒而逃了。

Chonlathee在內心祈禱，但願Ton哥不記得剛才那個穿著粉紅色的小不點。

「誰叫他不愛吃飯才長不高，Ton還記得弟弟嗎？小時候很喜歡跟在你屁股後面呢。」

「我還記得他小時候的長相，不過太久沒見了⋯⋯如果在外面碰到的話一定認不出來。」Ton臉上帶笑，但看起來笑得有點勉強，畢竟才剛失戀，也不太可能一下就恢復開朗的心情。

「長得很可愛吧？阿姨送給你！」

「蛤？」

「媽！」Chonlathee背脊傳來一陣涼意，眼鏡後面的雙眼用力瞪著自己的母親。

送什麼？送給誰!?

「剛才忘了說，Chon跟你考上同一所大學囉！總之阿姨想麻煩你幫忙照顧弟弟，再一個多月就要開學了，都還沒去看要住哪一間宿舍好。噢對了，你那一棟有空的房間出租嗎？如果能跟你住同一棟的話，我也會放心不少，畢竟從小

到大都是我跟他住在一起，他要去曼谷，我也滿擔心的。」

幹得好啊媽……幫寶貝兒子推一把，讓我能再多靠近Ton哥一點。

「我也不確定，不過我媽說希望Chon先去我那邊住住看，因為我房間還滿大的，而且我媽也怕我想不開，希望Chon先陪我住一個學期。您也知道我媽很愛胡思亂想，只不過如果Chon跟我住的話，會不會覺得不方便？」

Tai姨最棒惹！我最愛您啦！

「不會！」

聽到Tai姨說要自己去陪Ton哥住，Chonlathee終於壓抑不住興奮的心情大喊一聲。

「那太好了，原本我還有點擔心要回去一個人住的事情。」

「那就這麼辦，Chon你先去住一個學期吧，等適應環境之後再來看要怎麼樣。現在你們餓了嗎？我去看一下Aeaw姨今天煮什麼，你們兩個先自己聊一會，等晚餐準備好之後，我再派人過來叫你們。」

「好！」Chonlathee忙點頭，和多年不見的暗戀對象面對面，仍舊讓他興奮不已。

相較於興奮的兒子，Chonlathee的母親在離開之前先到他耳邊，悄悄地用只有兩個人才聽見的音量說……。

「我跟Tai姨都幫你鋪好了路，接下來就得靠你自己加油，一定要到手才行喔！」

「媽……」

為什麼媽就是不明白，他要求又不多，只要能接近對方就夠了。

「嗨，這麼久沒見，你怎麼都沒長高？只有高過我的肩膀一點點而已。」

「……呃，是Ton哥太高才對吧？」

當客廳只剩下他們兩人時，Ton哥走到他面前停下來，Chonlathee嚇得差一點忘記呼吸，眼睜睜看著他摸著自己的腦袋目測身高。

靠得這麼近，興奮到快暈倒啦……而且Ton哥還用goo自稱（註），聽起來加倍粗魯野蠻，卻又讓人倍感親暱。

但我喜歡……。

「不會啊，我同學都跟我差不多高，連我女友都比你高……不對，已經是前女友了。」

Chonlathee注意到Ton哥提到前女友的時候臉色突然一沉，不過畢竟才剛分手嘛，還沒有習慣單身狀態，看來他有責任撐起場面，不能只顧著自己興奮，要想辦法轉移話題才是。

「你開車回來會不會很累？」

「有一點，剛好跟朋友出去玩散散心，一路從楠府開到

譯註：泰文中的goo／mueng是「我／你」的意思，是口語中較為粗俗的用法，整部小說中Tonhon幾乎都用goo／mueng，而Chonlathee比較有禮貌，用一般常用的「我／你」。

這裡。」

「我還沒有去過楠府呢！」他稍微停頓一下，又繼續開口。「我媽原本跟我說你過兩天才要回來，結果剛才又突然傳LINE說你已經到我家了，讓我有點嚇到。」

事實上才不是有一點，根本就像見鬼一樣差點被嚇死！

「我不知道去哪比較好，才突然想到乾脆回大院宅來住幾天好了，看看樹跟海應該會讓心情好一點。」

「是。」

「關於要一起住的事，確定不會讓你不舒服吧？」

「當然不會。」

「到時如果有什麼問題就說，我這人很簡單的，連我同學是神經病我都可以正常相處……還有，你家變了好多，我真的好久沒回來了。」

「是啊，我們真的好久沒見了，通常都是Tai姨回來找我媽媽。其實我也好奇，為什麼Ton哥和伯伯不一起回來？」

「每次寒暑假都被我爸拖出國啦！但這次剛好失戀，我想靜一靜才沒有跟他去。」

「一切都會好起來的。」

「你可以像小時候一樣常常去我家陪我聊天！這樣我就不會想起她了。」

「這裡沒有山^(註)，只有河跟海。」Chonlathee話一說

譯註：「她」和「山」是諧音梗。

完，就惹得大個兒笑了出來，於是才剛剪好的頭髮，就被人笑著揉亂了。

「都亂掉了啦，我才剛剪頭髮回來耶！」

「你還真有趣。」

「怎樣有趣？」

「算了，反正這樣很不錯就是了。」

Ton停下揉他腦袋的動作，改為輕輕撫摸他的髮絲，臉上掛著微笑，露出兩排整齊的白牙。

親愛的，我投降了！算我輸給你，輸給摸完頭就這樣對我笑的男人……。

⚓ 第 2 章

晚餐後，Chonlathee主動陪Ton哥開車回到隔壁的房子，並非擔心Ton哥太久沒回來可能會迷路，而是想在院子裡兩人一起散步。

他發現Ton哥除了長大長高之外，性格也變得有些粗暴。此時Ton哥手上正夾著一根菸，空氣中裊裊升起的煙霧，嗆得Chonlathee連連咳嗽。

「咳……咳……」

「很臭嗎？」

「有一點，我不習慣菸味。」Chonlathee老實回答，手習慣性遮在鼻子上。沒想到一聽見他的話，Ton便直接把香菸丟在地上踩熄。

「你不喜歡的話，那我就不抽了。」

「沒關係啦，單純不喜歡味道而已。」

「我不是老菸槍，只是最近心情不好，才會抽得比較多一點。」

「是，你心情不好的話，要不然明天我們出去玩吧！一起去看電影如何？」他開口邀請一臉沮喪的大個兒。真不想看到Ton哥的帥臉露出這種悲傷的表情，Amp姊怎麼狠得下心拋棄這個男人啊？

「也好，找點事情做。」

「你長這麼高，是因為打籃球的關係嗎？」Chonlathee抬頭看著對方的側臉線條，想起 Gam說過的比喻 —— Ton哥和他，就像電線桿配公路里程碑一樣。

「有可能？不過你真的好矮，還長了張娃娃臉，跟女生一樣可愛。」

「我是男生！」……呃，有一點三八的男生。

對朋友三八，對男人則乖巧收斂……。

「嗯……我知道，我到家了，先進來陪我！」

「好啊，反正我也沒事。」

Chonlathee尾隨大個兒走進一棟兩層樓、裝潢簡約的房子裡。因為Ton哥的母親非常喜歡樹，所以一到晚上，房子周圍便處處都聞得到濃淡合宜的植物清香。

「等一下你要怎麼回家？」

「這麼近，走路呀！」

「你不怕？」

「怕什麼？我從小到大都住在這裡，附近又沒什麼好怕的。」

「你不怕鬼？前面的路燈壞掉了，整區都暗得很。」

「Ton哥這樣嚇我，難道你會怕？」他輕輕地笑，畢竟不是膽小的人，不管是鬼、大壁虎，還是蟑螂，他全都不怕，超MAN的好不好？

「沒有，我不怕。」

「不過外面都在傳，附近的鬼很凶，因為這邊以前是墳

場。」

「墳場梗玩不膩嗎？我都聽膩了。」

「可是提到鬼的時候，你的臉色不太好喔！」

「別說了！害我開始感覺毛毛的⋯⋯都是你害的！我要罰你留下來，等我洗完澡才可以回去。」

「長這麼大隻，還這麼怕鬼。」Chonlathee被拉進房子裡，坐在椅子上時忍不住笑了出來。家裡的燈都還沒開，僅靠屋外的光線照明，隱約只能看見人影晃動，氣氛確實有點令人毛骨悚然。

「安靜。」

「會怕的話，晚上要不要我陪你睡？」不知道是哪根筋不對，Chonlathee突然開口，但對方卻靜止了好一會兒後才回⋯⋯。

「也好，可是衣服怎麼辦？」

「反正我們家就在隔壁而已，你的車借我一下，我拿完衣服很快就回來，快，車鑰匙給我！」Chonlathee伸手向前，昏暗的光線只夠讓兩人看見彼此的身影，Ton得用手摸著他的手，才有辦法把車鑰匙放到他手裡。

溫暖的大手觸感讓Chonlathee的心跳得飛快。車鑰匙落進手中後，大手便依依不捨似地離去。

「我覺得⋯⋯要不要先開燈啊？這麼暗，等一下撞到東西受傷可就不好玩了。」

「喔，也對。」大個兒一邊呢喃一邊走到電燈開關旁，

不久後整個空間亮起，Chonlathee也在此時站起身。

「那我等一下就回來。」

「Chon……」

「是？」

「快點回來，晚上我不想一個人。」

用不了多少時間，Chonlathee就又回到大院宅，手裡還抓著兩套衣服：一套是睡衣，另一套是明天要穿的外出服。

回家時他有順便跟媽媽報備晚上要陪Ton哥睡，媽媽聽了也只是點了點頭，便又回頭繼續看電視劇。

將轎車Lexus ES 350熄火停妥後，周圍頓時陷入一片寧靜。這輛車的長度讓他感覺開得不是很順手，畢竟他一直以來都比較習慣開小車。但車上清涼的香水味，和車主留下來的尼古丁味卻讓他感覺很好。

一抬眼便看到Ton哥站在門口，看來在自己回來前，他就已經洗好澡了。

「去好久。」

「想我啦？也不過才二十分鐘而已。」Chonlathee把衣架掛在肩膀上，笑著望向Ton哥那張因緊繃而更顯猙獰的臉。

其實Ton哥並不凶，只是性子比較急躁，也稍微衝動了點而已。

「要不要喝啤酒？」

「不要，你喝吧，我不會喝酒。」大個兒擋在入口處，進不去的Chonlathee只好停下腳步。

這樣的距離，甚至能聞到從對方身上散發出的肥皂香。

此時的Ton哥只穿著一條睡褲，上半身赤裸著，之前只能在照片上看到的肌肉，如今在眼前一覽無遺。

「趕快進屋吧，你沒穿上衣，吹到風的話會生病。」

「我這麼健康，才沒那麼容易生病。」

「預防勝於治療！」Chonlathee再一次露出笑容，看著船錨刺青轉身之後的結實背肌，邁開一雙長腿走進屋子、往廚房的方向去。

好久沒有進來這一間大院宅了，屋內空間並沒有他家那麼大，但也沒有小到讓人不舒服，可以說是剛剛好，能隨時讓那個人在視線之中。

「快去洗澡，準備要睡覺了，你可以用樓上的浴室，樓下的也可以，隨你喜歡。」

「好啊，那Ton哥等一下要幹嘛，喝啤酒嗎？」

「不了，沒人陪我就不喝，我只是來拿白開水，你要不要喝，我幫你倒一杯。」

「沒關係啦，我還是趕快去洗澡好了，你開車回來那麼累，讓你早點休息。」Chonlathee 把明天要穿的衣服放在沙發椅背上，至於睡衣，他則打算直接帶進浴室裡。

不料才轉身走一步，身後就傳來一道低沉的嗓音。

「Chon，你要戴眼鏡洗澡？」

「哎呀，我忘了自己還戴著眼鏡。」Chonlathee笑著想摘下眼鏡時，Ton已經把水杯放在廚房流理臺上，快他一步替他拿下眼鏡。

Chonlathee近視度數相當深，深到連眼前的畫面也有點模糊，所以無法確認Ton哥此時正用什麼樣的眼神望著自己。

「媽的，超像女孩子，如果加上胸部和長頭髮的話，簡直就是女生。」Ton一邊說，還一邊加碼伸手摸了他胸前一把，害得Chonlathee反應不及，臉頰瞬間發燙。

「如果你再說這種話，我會生氣喔！」

「為什麼？」

「我是男生。」

……他不會因為Ton哥說他像女生而生氣，但會因為對方常常像這樣碰他的身體而不高興。雖然小時候兩人常常一起睡，偶爾也會親親臉頰，不過都是由於當時年紀小。現在的他，對Ton哥的肢體碰觸十分敏感，因此還是保持距離比較安全。

「我同學都比你像男生！」

「如果你再繼續跟我聊天，什麼時候才能洗澡啦。」

「……看你平常乖乖的，沒想到還滿容易生氣的嘛，要洗就趕快進去洗，我去看電視等你。」

「也好，畢竟我洗澡很花時間。」Chonlathee被推著進浴室，當雙腳踩在一片濕氣裡時，浴室的門也剛好被關

上。

「很香了，那麼乾淨，不用洗太久啦！」

……很香？是聞過了嗎？不然怎麼知道？

結果Chonlathee就像自己說的那樣，真的洗了頗久。

等他穿好睡衣走出浴室之後，大個兒已經靠在沙發上，閉著眼睛睡著了。

他不確定對方睡了多久，可是自己都走到他旁邊了還是沒動靜，八成早就睡熟了。

才這麼想，結果當Chonlathee轉身要去幫忙拿被子時，緊閉著雙眼的人卻突然發出低沉的聲音……。

「你要去哪？」

「去幫你拿被子啊，我以為你已經睡著了。」

「沒有，我最近失眠。」

「沒食慾，又失眠，心情這麼糟糕，小心身體會撐不住喔！」Chonlathee帶著笑容說。

從剛才吃飯的時候就注意到了，Ton哥才吃沒幾口就放下湯匙，害得他也跟著吃不太下。

「我想抽菸，等下身上會沾到一點味道，睡同一張床的話你介不介意？不行的話我就不抽。」

「可以，我沒問題。」Chonlathee回道。看著Ton哥走上二樓，他馬上熟門熟路跟上去。

印象中一上樓，右邊就是Ton哥的房間。

儘管房間不大，但是有外展的陽台，房間和陽台之間還有落地的玻璃門隔著，不過沒有窗簾。

　　「我出去抽。」

　　「一根就好囉，抽菸畢竟對身體不好。」

　　「嗯，就一根。」

　　Chonlathee獨自走到大床上躺下，看著Ton哥打開玻璃門出去吸菸，落寞的背影，好像正在思念某個人。

　　是不是忘記這裡還有自己在呢？

　　只要Ton哥需要，自己願意陪著他度過寂寞的時光，永遠在原地等他回來，任何時候他不想一個人，自己都願意在這裡守候。

　　……。

　　過了好久，上半身赤裸的大個兒才走回來，身上帶著淡淡的尼古丁味，剛好他已經選好要睡哪個位置了。

　　「我可以睡這邊嗎？還是你想睡這邊？」

　　「你睡吧，我睡哪都可以。」

　　「那Ton哥快點睡，好好休息，你的氣色真的有點差。」冷氣一開，房內的溫度也隨之降了不少。在床上躺好之後，Chonlathee立刻拉起厚棉被蓋住身體。

　　「氣色差就差，反正又沒有人關心我。」

　　「胡說，很多人都在默默關心你好不好，至少Tai姨一定很擔心。」……當然還有我。

　　說完後，他翻身背對著大個兒，眼睛卻依舊睜得老大。

隨即，房間的燈被關掉，彈簧床的一側傳來輕微的震動，想必Ton哥已經躺下來了。

尼古丁味與肥皂香竄進鼻腔，兩種味道混合在一起，總讓人覺得呼吸有些不順暢。

「你有沒有愛過誰？」

「有啊，但我並沒有抱持著期待，因為早就知道他不會愛我。」

「心不會痛？」

「不會，因為我不想占有他，只要能暗戀、表達關心、在他心痛的時候陪在身邊安慰他，這樣就足夠了。」

「有這種無私的愛情嗎？」

「我覺得我們還是睡覺吧，Ton哥晚安。」

「嗯，晚安。」

閒聊終於結束，Chonlathee勉強閉上眼睛，壓抑著內心澎湃的情感，用極大的努力忍著不去轉頭看今晚同床共枕的人。

是啊，會有這種無私的愛情嗎？儘管他早有心理準備，只求能陪在對方身邊就好，但是當願望成真之後，卻又不自覺地幻想，期待對方能抱住他。

明明就知道，這樣的想法對他來說一點都不好。

Chonlathee不記得自己是什麼時候睡著的，等到他睡醒時，溫暖的晨光已然灑在身上，照理來說，早上的陽光應

該熱不到哪去，可身上異樣的感覺，依舊讓他忍不住睜開了眼睛。

「Ton哥……」

終於，他發現悶熱的原因了，都是因為大個兒的關係，趴睡就算了，還把又粗又重的手臂壓在他身上。他輕輕地把手臂移開，身旁的人立刻發出不滿的悶哼，又把他重新拉回床上當墊背。

「Ton哥起床了！」

「我要睡覺！」

「你的手臂壓著我很重耶，我搬不開啦！還有趕快醒一醒，現在都幾點了。」Chonlathee用僅有的力氣搖醒大個兒。

被這麼一吵，儘管Ton還是一臉睡眼惺忪的模樣，不過已經清醒到可以抓住搖醒自己的那隻手臂了。

以及，意識到對方是誰。

「真不想醒，好久沒睡得這麼沉。」

「那很好呀。」

「在這裡心情果然比較好。」

「大概是因為長途開車太累的關係？」

「或許吧，現在幾點了？」原先壓在Chonlathee身上的手臂在偌大的床上摸來手機一看。「十點，誰打了這麼多通電話給我……Amp？」

「你要回電嗎？」Chonlathee坐起身，想留點空間讓他

處理私事。「如果你想回電話，那我先離開房間。」

「不了，我不想跟她談。」

「這樣……」

「你說今天要去看電影對不對？那趕快去洗澡準備出門，反正也快中午了，我們直接到百貨公司吃午餐如何？」

「你想吃什麼？」

「烤肉，我想吃牛肉。」

「好啊，可是Ton哥，昨天我忘記拿錢包過來，等一下先開到我家，讓我回去拿一下錢包。」

「不用啦，我請客，而且不准你拒絕。」

「那好吧，改天讓我回請你，哪一天好呢？」

「就我幫你搬東西進宿舍的那一天怎麼樣，當天一定會超餓的，Chonlathee小弟請客，要吃什麼才好？」

「都行，看你想吃什麼，可是你要先幫我找眼鏡，我近視很深，又有眼屎，現在什麼東西都看不見。」Chonlathee露出微笑，Ton揉揉他的頭髮，才站起來幫他找眼鏡。

「就算有眼屎，看起來還是很可愛喔，Chon。」

兩人到百貨公司時已接近中午時段，於是先買好了電影票才到燒烤店用餐。

「你知道嗎？我超久沒吃烤肉了。」

「為什麼？」Chonlathee看著突然聊起烤肉話題的Ton哥，猜他是因為啤酒下肚，才終於有了想聊天的心情。

「因為Amp吃素。」

「你還是非常想念Amp姊嗎？」或許是他的話勾起了Ton哥的回憶，才剛開啟烤肉話題的人突然又陷入了沉默，緩緩地夾起一塊肉送進嘴裡後才又開口……。

「說不想是騙人的，畢竟我跟Amp交往很久了，我的未來畫面都有她，結果最後她卻選擇了別人。」

「或許你跟她沒有緣分吧，Ton哥長得這麼帥，要再交到漂亮女朋友很容易的。」

「可是Chon，在我眼裡，從來都不覺得有誰比Amp漂亮。」

「我看過Amp姊跟你的合照，是真的非常美，這一點我沒有異議。」Chonlathee翻動烤網上即將烤熟的肉片，一臉若無其事地聊著，雖然還不至於無法承受，但總感覺心裡悶悶的。「吃肉吧，已經熟了。」

「謝啦。」

「你不想找新對象試著轉移注意力嗎？人家說治療失戀最快的方法，就是開始一段新的戀情。」

「我不想，就先這樣，我還忘不了前女友，也不想讓新對象心有芥蒂。最近如果覺得寂寞的話，有時候會找我媽聊，現在還多了你，還是說……你不喜歡？別這樣，才一天就嫌我煩？」

「我哪裡會覺得你煩，你隨時都可以跟我聊，再說過一陣子我們就要住在一起了，你不會覺得寂寞的啦！我這個人

話很多，這一點我有自知之明。」Chonlathee露出笑容，繼續把肉往Ton的盤子裡夾。

這時Ton似乎想再叫一輪啤酒，他趕緊拿烤肉夾打在對方的手背上。「夠了，不准喝醉，我可不想開你的車，那車長得我開不習慣。」

「你是我弟，還是我媽？」

「當然是弟弟，還是你把我當成別人了？」Chonlathee下意識就想逗他開心，畢竟比起看Ton哥悶悶不樂，他更寧願他凶自己。

「嗯……那幹嘛夾這麼多肉給我？要吃一起吃，這樣你才會長高。」

「不了，我想維持身材。」

就在他們因吃得太撐而想互相餵食時，Ton旁邊的手機突然響了起來。

螢幕上出現的名字讓大個兒的臉色和眼神都變了，不消說也知道是誰打的。

「是Amp。」Ton親口為他解答。

「要接嗎？」

「不接，就讓手機響，之前我想談的時候，是她自己放棄的。」

「分手時很不愉快？」Chonlathee點頭表示明白，伸手將對方的手機放到自己身邊。「那放在我這吧，眼不見為淨。」

「嗯。」Ton低下頭，夾起盤子裡的肉送進嘴裡，不一會兒又抬起頭。「我還是跟Amp講清楚比較好，手機先還給我。」

　　「也好。」Chonlathee重重地嘆了一口氣，放下烤網上的肉，把一直震個不停的手機還給面前的男人。

　　「我想……她應該有很重要的事情才對？才會這樣一直奪命連環call。」

　　「嗯……我去去就回，你先在這裡等我。」

　　Chonlathee沒有應聲，只是看著Ton哥高挑的身子站起來往外走。

　　他的心裡其實五味雜陳，胸口好似被一股情感巨浪所淹沒，鬱悶得吞不下任何東西。

⚓ 第3章

　　結果那個說「去去就回」的人，最終讓Chonlathee等了快兩小時都沒有要回來的跡象。說好一起看的電影也播了一大半。此刻的Chonlathee彷彿遭拋棄一樣，被留在滿是油煙味的烤肉店裡動彈不得。

　　像這樣坐以待斃實在不符合他的個性，如果是一般情況的話，他早在第一個小時便直接結帳走人，但今天的狀況不同，他只能癡癡傻傻的留在原地，等那個人回來。

　　喉間擠出無奈的笑，望著自己映在深色玻璃牆中的影子，Chonlathee想不透自己到底在這裡幹嘛？

　　原本打算開開心心來吃頓飯、看一場電影抒發心情，結果最後卻只能眼睜睜看著烤爐裡的肉慢慢燒焦，化為黑炭。

　　要不是他還算有耐心，不然早就起身走人了。

　　「Chon……真的非常對不起。」後頭傳來了一道嗓音，Chonlathee回頭看，果然是他的Ton哥。

　　Ton氣喘吁吁，臉上掛著明顯可見的歉意。

　　「沒關係，快結帳吧，我想回家。」

　　「生氣了？我再買一張電影票補償你。」Ton的臉上寫滿了懺悔，相較之下，Chonlathee卻面無表情。

　　「我沒有生氣，我明白的，電影可以改天再看，我先到外面等你。」Chonlathee輕輕將椅子往後移，對著Ton哥

的帥臉點點頭，越過他走了出去。

　　同一輛Lexus ES 350轎車沿著海邊道路行駛，離開百貨公司之後，兩人一路無語。Chonlathee做著往常最喜歡做的事——一邊欣賞沿路的風景，一邊享受尼古丁和哥的香水味融合在一起的氣味。

　　自己之所以沉默，是因為不知道可以說些什麼，而Ton哥的沉默，可能是正在思考吧？

　　不曉得對方消失的數小時當中，跟電話裡的人談出什麼結果了沒？但至少能確定過程一定不太愉快。因為Ton哥的臉色看起來有些陰晴不定，Chonlathee覺得還是讓他靜一下比較好。

　　可偏偏Ton並不這樣想。

　　「Chon，你用的什麼香水，好香。」

　　「你聞得到喔？我想說車上只有菸味和你的香水味。」

　　「沒啊，我只聞到你的味道，淡淡的清香，聞起來好舒心。昨天我可以睡這麼好，應該就是因為這個香味的關係。」

　　「香水的牌子我也記不太清楚，平常我喜歡噴在衣服上，怕如果直接噴在皮膚上的話會酒精過敏。」Chonlathee拉自己的衣服起來聞，他不是那種愛噴香水的人，因此沒想到會引起Ton哥的注意。

　　「那你不就沒辦法喝酒？」

　　「我本來就沒在喝，昨天跟你說過了。」

「Chon，今天的事真的非常對不起，我跟Amp一直談不攏，氣到不行，結果忘了你還在店裡等我。」

「我可以冒昧問你一件事嗎？你們兩個到底是誰放不下誰？是你還是Amp姊？」Chonlathee靠著椅背，偷覷了眼Ton哥的側臉。

「都有，感覺像是不上不下的狀態。她想復合，但我問到她新男友的事時，她又回答不出個所以然。」

「你得先回答自己一個問題，還想不想繼續和她在一起？」

「我不知道，其實我跟Amp常常吵架，尤其是最近，分手後其實我心情一半像是鬆了口氣，另一半才是覺得自己的生活裡好像少了些什麼。」

「你的思緒應該還很混亂，那你怎麼跟她說……」

「我說我需要時間想一想，如果還愛她的話，我自然會回去找她。」

「我不會問你需要多久的時間，但我會陪著你，直到你不需要我為止，哪怕你把我丟在烤肉店裡等了快兩個小時。」Chonlathee轉頭望向窗外，聽到身旁的男人發出低沉笑聲後，他也才鬆了口氣，露出微笑。

「小Chon也學會講話帶刺啦？」

「我不常生氣，但只要生氣了，也很難釋懷。」

「知道了，我會盡量不惹你發火，傍晚要不要一起去打籃球？早上我經過以前國小常去的籃球場，場地看起來還是

維持得很不錯。」

「好啊，我也常看到有滿多人晚上去那邊打球。」

說完後，Chonlathee閉上眼表示不想多聊。Ton一發現他閉上眼睛，便沒再繼續煩人，省得自討沒趣。

Ton提到的籃球場，是個社區型的戶外小球場。

平常有不少人在這裡打球，不過今天卻沒有。之前一場大雨，下到剛剛才停歇，球場上有多處積水，到處溼答答的，空氣中還充滿了泥濘的味道。

但是大個兒似乎不在意這些，帶著籃球走進有幾盞大燈照亮的場地。

「地上都是水，你確定要打球？」

「嗯，我想運動一下，大腦鈍鈍的無法思考。」Ton回頭對著正在找位置坐的Chonlathee露出爽朗的笑，燈光照在他銀色的耳環和眉釘上，反射出耀眼的光芒。

「我現在才注意到，你戴了我送給你的眉釘。」他記得左邊那個眉釘，是去年他寄給Ton哥的生日禮物，因為當時看到對方好像準備要鑽眉洞的樣子，這次差點沒注意到Ton哥已經戴上。仔細一看，這個眉釘真的好適合Ton哥。

「我最喜歡這個，之前有換別的眉釘戴過，不知道為什麼最後又換回這一個。」

「不用管為什麼了啦，你喜歡我就開心了，而且好適合你喔，看起來夠痞。」

「我哪裡痞了？」

「耳朵、眉毛，還有胸口的刺青，之前我就想問你，船錨圖案的刺青有特別涵義嗎？」

「有，船錨是用來讓船固定在海岸邊的東西，我刺在心臟的位置，意思就是我對愛情的態度從一而終⋯⋯聽起來是不是有點噁心？我同學常這樣說我。」

「不會啊，我也想刺一個。」

「刺船錨？」

「刺美樂蒂如何？」Chonlathee突然爆笑，眼前一臉凶悍的Ton哥，聽到自己最喜歡的圖案是粉色毛茸茸卡通人物時突然皺起眉頭。不過反過來想想，如果真的把美樂蒂刺在身上，恐怕也不太好。

疼痛感，和粉色毛茸茸軟綿綿的東西一點都不搭。

「你先問過Nam阿姨吧，如果你媽媽允許，我再帶你去刺。」

「好啊，改天我會問她，你先去打球，我坐在這裡等。」

「嗯？叫我一個人打球？當然是你跟我一起打，不是說這裡人很多？結果根本就沒人！」

「有誰會在下雨天出來玩啦，就只有你。」

「你也會，現在不就跟我一起出來了？」

「我什麼時候說想出來啊？明明就是你強迫我。」Chonlathee站起來，慢慢走到球場中央。

「喔！又是我的錯，你會打籃球吧？」

「不會，但是看在沒人陪你玩的分上，我就下來陪你玩囉！反正就是運球跟投籃對不對，應該不難。」

「那我讓你！」

一陣子過後，Chonlathee就後悔了。跟身形懸殊的人一起打籃球實在太吃虧，短腿如他跑到半死才跑了半個球場，反觀Ton哥，長腿一邁，只要輕鬆移動幾步就可以橫跨全場。

一點都不公平，一點都不好玩！

Chonlathee全身無力地癱坐在球場上，臉色一片通紅，額頭上的汗水讓他不得不摘下眼鏡。

「才半個小時而已，這麼快就不行囉？」

「我不行了，熱到快暈倒了。」Chonlathee搧動衣服的下襬加速身體散熱，同時看著Ton哥在不遠處繼續運球。

「先把衣服脫掉，熱成這樣不趕快脫掉，可是會暈倒的！」

「我不要脫，好丟臉。」

「有什麼好丟臉？」

「不用脫啦，我又沒事。」Chonlathee堅持不脫上衣，但是手扯衣服搧風的速度變快了。

「這樣你會熱暈，趕快脫掉！你要自己乖乖脫，還是我幫你脫？」

「Ton哥幹嘛強迫我脫衣服……喂！Ton哥！我不想脫

啦！」Chonlathee挪身想逃離Ton的大手，可惜整個身體已經被兩條大長腿夾住了。

「龜龜毛毛的，如果你真的暈倒的話，我還得背你回去。」

Ton的語氣有一點不耐煩。很快地，Chonlathee的寬鬆黑T就從頭上被脫掉。

「如果你覺得丟臉，那我陪你一起脫。」

「要脫你自己脫，把我的衣服還給我！」Chonlathee把對方手上的衣服搶回來，遮住自己白皙的身體，但還是被陪他打赤膊的人調侃個不停。

「難不成你是因為有雙粉紅色奶頭，所以覺得丟臉？」

「你真的讓人很火大耶！」迅速把衣服穿回去之後，Chonlathee隨即站起來，往另一個方向走。

憑什麼脫我的衣服，憑什麼笑我的奶頭是粉紅色？

「Chon，你要去哪裡？」

「買水喝⋯⋯等一下回來。」

「你在生什麼氣，氣我脫你的衣服？」

「沒有生氣，我不生氣。」

「嗯，但我有事情想跟你說。」

「什麼？」Chonlathee轉身回頭面對Ton哥，眉頭一皺，瞇著眼注視對方手上的東西。

「你忘記戴眼鏡了。」沒錯，又是Ton走過來親自幫他戴上。

Chonlathee拿著兩瓶運動飲料和一大瓶礦泉水回到籃球場上時，就看到Ton哥在球場上一會跑一會走，全身大汗淋漓。

　　他坐在原先放東西的位置上，立刻打開一瓶運動飲料解渴，完全不考慮再回去打球。畢竟比起運動，他更適合待在旁邊當加油團。

　　冰涼的運動飲料咕嚕咕嚕地下肚。一口氣喝掉半瓶後，他停下動作，默默地欣賞球場上那個他暗戀許久的男人。

　　Ton哥的身材極好，不羈的痞味讓他一而再再而三地迷戀上這個人無數次，那樣健壯的身體，每一寸他都想摸遍，確認胸肌和腹肌是不是像看上去那樣的結實。迷戀的眼神落在Ton哥身上，Chonlathee想，他布滿汗水的肌肉，現在應該都在發燙吧。

　　好羨慕那些被Ton哥擁抱過的人。

　　只是當他回神時，立刻又甩開這些念頭，他沒打算忌妒誰，只不過一下沒注意，不小心忘記了當初只希望能接近這個人就好的初心。

　　光是能陪在他身邊、以Ton哥為中心轉動，他就心滿意足了。

　　這時，大眼上的秀眉突然拱起，Chonlathee聽見腳步聲愈來愈靠近，將他從思緒中喚醒，只見Ton哥原本偏白的皮膚一片紅，看來是真的熱到了，拿走一大瓶水直接就淋在

頭上散熱。

「一瓶五十，加上走路費和工錢。」

「搶錢啊？還給你就是了。」水珠沿著濕透的漆黑髮絲流到額頭上，Ton用力把頭上的水故意甩到Chonlathee身上還他。

「啊啊！我全身都濕了啦！」

「就是要你濕透！不過Chon，你眼鏡上都是水看得見嗎？過來我幫你擦乾淨。」

Chonlathee把剛才用來阻擋水滴攻勢的手慢慢放下，傻傻地看著前面。由於距離太過靠近，加上來不及反應的關係，因此被噴得都是水的眼鏡，一下便被人搶先一步拿走了。

眼前一片模糊，只隱約看到Ton哥拿他的衣服在擦眼鏡，然後又回來幫自己戴上。

「用衣服擦會讓鏡片更髒啊！」

「好，先戴上，等回家再用清潔劑洗一遍。」

「那Ton哥想回家了嗎？」Chonlathee一邊問一邊調整眼鏡的位置。他感受到從Ton哥身上所散發的熱氣，尤其是加上汗味與香水味之後，讓他的情緒愈發混亂，感覺好像被什麼深深吸引住，思緒始終繞不出去。

「現在走也可以，今晚你要睡哪裡？」

「睡自己家啊，但如果你要我陪你睡也可以喔！」

「那你來陪我睡，不過別嫌我煩人，最近我的情緒還不

太穩定。」

「我已經說過啦，只要你需要，我隨時都會陪在你身邊。」

　　將近晚上十點，Chonlathee把自己的車停在院子裡的一棵大樹下，其實他比較想開自己那一輛粉紅凍奶色金龜車，但思來想去卻作罷，因為哪有MAN的男生會開那麼粉色的車呢？最後還是決定拿別輛車的鑰匙來用。

　　才剛下車，便聞到摻著花香的濃濃的尼古丁味，味道似乎來自頭頂上。Chonlathee抬頭望向二樓陽台，就發現白色煙圈從熟悉的那個人嘴裡呼出。

　　又吸菸了，Ton哥真的吸太多菸了。

　　「你又抽菸了，今天抽了很多根囉！」Chonlathee抬頭喊，還擺出抱胸的姿勢，想藉此拿出點氣勢，說話時更不忘加重語氣。可惜，完全沒有震懾的效果。

　　「哪有很多根？你也太誇張了，快點進來。」

　　「我認真問你，是真的喜歡抽，還是想傷害自己？好歹你也是運動員，應該比我更清楚這些東西對肺不好。如果只是因為心情差，我覺得你更應該找其他方法紓壓，比如釣魚、潛水或去看珊瑚礁，這些我都可以帶你去唷！」

　　Chonlathee並不急著走進屋裡，他站在原地，抬頭跟二樓的大個兒說話。

　　Ton聞言一愣，菸灰從指尖飄落。「OK，我不抽了，

你先進來。」將菸頭在陽台的鐵製扶手上捻熄，確認完全熄滅之後才丟進垃圾桶裡。只是看得出來，他還在猶豫，思考要不要把整包的 Marlboro ice blast 都丟掉。

「那一包先留著吧，萬一晚點你犯了菸癮，就不必特地開車出去找。」

「還真的被你看穿了，居然知道我在猶豫這個。」

「我只是從你的眼神裡觀察到罷了。」Chonlathee 不再繼續仰頭聊天，僅僅用兩指對著雙眼比，嘆了口氣後走進屋內。但還沒來得及走上樓，便聽見有人下樓的腳步聲，那人大聲喊著叫他在樓下等。

「我好餓。」大個兒一吼，然後往廚房走，看來是想吃宵夜了。

「想吃什麼？」

「泡麵。我不會煮別的，你要不要吃？」

「我吃飽了，我看一下你家冰箱裡有什麼東西可以煮，除了泡麵之外。」他把從家裡帶過來的換洗衣服和用具像昨天一樣放在沙發上，然後跟著大個兒走進廚房。

「好像有一些食材，我媽在我回來之前，有先交代打掃阿姨幫忙買一些東西回來冰。」

「真的耶，有好多東西，如果你不煮來吃的話，放著會壞掉唷！」Chonlathee 彎腰低頭看著冰箱裡的東西，思考有什麼方便煮的食物。「炒冬粉怎麼樣，不用煮白飯。」

「好啊，比泡麵好太多了。」

Chonlathee點頭，從冰箱拿出必要的材料放到廚房流理臺上，準備動手下廚。不過身上帶有肥皂香混合著尼古丁味的大個兒似乎仍然不願離去。

　　「你想幫忙嗎？」

　　「我不會，但我想看。」

　　「小心被油濺到。」

　　「看你拿這個摸那個的，比抽菸更好玩。」

　　「我不是說了，要紓壓有很多方法……而且還不會傷害身體健康。說到這，你想好了沒？明天想去潛水看珊瑚礁，還是去釣魚？」

　　「看電影，補償今天的過錯。」

　　「那我得跟你要聯絡電話了，而且還要自己帶錢包。」Chonlathee笑著說，但沒有要反駁他的意思。

　　他一說完就把剛從冰箱拿出來的碎豬肉丟進熱油鍋中，然後馬上後退到安全範圍，至於來不及閃的人，只能自認倒楣囉！

　　「噢！好燙！」

　　「一定是報應，誰叫你讓我今天一個人坐在店裡聞烤肉味。」Chonlathee覷眼瞧了瞧往後跳的傢伙，表情看上去平靜，其實內心偷偷暗爽。

　　「你怎麼一臉開心的樣子？」

　　「我承認我覺得你活該。」

⚓ 第 4 章

　　Chonlathee 開始不確定，和 Ton 哥睡在同一張床上是否真的是好事。

　　即便一開始還不錯，因為兩人背對背各自睡著，可為什麼每次醒來都要被粗壯的手臂壓胸啊！

　　Ton 哥到底知不知道自己的個頭又大又重，加上香水和體溫，總是常常讓他呼吸異常……這應該就是人家說的，近距離容易產生動搖吧！而且這一股動搖，似乎還把剛睡醒的瞌睡蟲通通都趕走了。

　　一早醒來，Chonlathee 還沒來得及把壓在肚子上的手臂移走，只是睡眼惺忪地看著身旁的男人，猶豫了一下才決定出手……騷擾。男人突起的血管一路延伸到強壯的手臂上，看起來十分健壯，而且……非常酷。

　　一張臉埋在枕頭裡發出規律的呼吸聲，時不時地發出悶哼，Chonlathee 翻身側躺面對著 Ton 哥，伸手放到對方的肩頭上把人搖醒。

　　「Amp？天亮啦？」

　　「是天亮了，但我不是 Amp 姊。」

　　Chonlathee 用力推開 Ton 哥的手臂，緩緩地起身之後，感覺到床鋪有稍微下沉的感覺，原來是大個兒起來了。

　　「是 Chon 啊，昨晚我還作夢了，Chon。」

「夢到什麼？噩夢嗎？為什麼這種表情？」

「我夢到你抱我，還親我臉頰，想到就起雞皮疙瘩。」Ton的凶臉浮現出一抹驚恐，而且看起來是真的有點後怕，因為手臂上一粒粒的雞皮疙瘩都冒出來了。

「一定是你昨天吃太飽，所以才會做這麼奇怪的夢！」

「應該是這樣，畢竟如果你真的這麼幹的話，我會讓你去跟樓下大門旁的芒果樹根一起睡覺。」

「這個警告夠嚇人，配得上你的臉。」Chonlathee假意笑著，他其實很想試試看，如果親對方臉頰的話，是不是真的會去跟芒果樹根一起睡。

「這是讚美，還是罵我？」

「隨便你怎麼想。」

「不准逃跑！快過來給我扁一頓！」

Chonlathee轉身想逃，但似乎失敗了，因為腳底都還沒碰到地，整個身體已經被拖回床上翻過身，被人壓制著懲罰。

這時的大個兒壓在Chonlathee腳底上，一手抵住他的背部，另一手則把Chonlathee雙手固定在臀部後方。

「痛啊！Ton哥，我好痛！」

「給我記住，不要挑釁我，說！Ton哥最棒。」

「吼！太自戀了！」

「快一點，別讓我講兩次。」

「好啦，我說，Ton哥最棒，全世界最棒的就是你。」

「一開始這麼乖不就沒事了。」Ton鬆開抓住他的手，接著躺回床上。

「痛死人啦！」Chonlathee一邊碎念一邊甩著雙手的手腕，感覺仍像被Ton哥握住，肌膚上的熱感還未退去。

「少來，我沒那麼用力好不好。」

「你就沒想過問我要不要陪你玩？」Chonlathee壓低視線，看著那張對他的兇狠眼神毫無畏懼的帥臉。

「你不想玩又怎樣？Chon，回去多吃一點飯再回來跟我打，身體這麼瘦弱，下輩子也打不贏我。」

「嗯！既然精神這麼好，應該也不用我過來陪你睡了吧！」Chonlathee站起來，再一次離開寬敞的床鋪，這一次沒有人拉住他，更沒有任何聲音叫住他。已經恢復精神的Ton輕易地就放他離開房間，只是就在他打開門的時候，背後傳來一道低沉的嗓音……。

「誰求你了。」

回應Ton的，是Chonlathee用力甩門的聲音。

儘管早上有點小口角，讓兩人間的氣氛變得有點尷尬，不過Chonlathee還是照原計畫跟著Ton一起出門吃飯看電影。雖然他和Ton僅僅只有交換眼神而已，但奇怪的是即使不開口講話，他們仍然可以從對方的動作中瞭解彼此的意圖。

比如當Ton哥拿起車鑰匙，不用開口他便自然而然地上

車，或者是吃完飯後，Ton哥買冰淇淋給他吃，因為今天的菜有一點……辣。

他想，其實從一開始就沒有任何一方是真的在生氣，比較像是在比賽玩遊戲，誰先講話誰就輸了。而且要不是因為看電影，剛好可以殺掉兩個小時保持安靜，否則氣氛一定會變得更尷尬。

看完電影之後，反倒是他受不了尷尬氣氛先開口，畢竟榮譽司機現在似乎並不是往回家的路線開。

「Ton哥，你要開去哪？」

「你先講話，你輸了！」一見某人終於開口，Ton立刻露出兩排潔白的牙齒，勝利的感覺讓尷尬的氣氛頓時煙消雲散。

「還在玩什麼幼稚遊戲啊？快點講啦，你到底要帶我去哪裡？」

「步行街，我想去走走。」

「廊祝古村嗎？好像不錯耶，我有好一陣子沒去了。」Chonlathee點頭表示認同，接著說，「一定非常多人。」

「你不喜歡人多的地方嗎？」

「還好，我常常去看演唱會，市集的人潮應該算還好而已！」才剛說完，Chonlathee就發現Ton哥也剛好轉頭看著他。

漆黑的眼睛，眼眸綻放的光芒讓人不自覺地露出微笑。

「我也喜歡看演唱會，但Amp不喜歡，平常我都跟朋

友去，結果每一次看完回來都要吵架。」

「現在也沒人陪你吵了，你想做什麼就做什麼。」

「那改天我找你一起去看，你喜歡什麼樂團？」

「隨便看，看是誰找我去就配合誰。」

「嗯，那我預約你了。」

「好。」Chonlathee閉上眼睛結束話題，只是很快又被身旁的人喚起。

「為什麼你跟我聊天的時候喜歡閉眼？」

「因為……你開得好快，我頭暈，而且其實聽聲音講話就可以了。」其實這是Chonlathee隨便找的理由，事實上根本不是如此，他之所以閉上眼睛，是因為想隱藏自己的眼神。

每一次聽到Amp的名字，他就能確定自己的表情一定會變得很古怪，而且……總是忍不住想撇嘴角翻白眼。

廊祝古村步行街的傍晚時段，到處都是擁擠的人潮，從入口的牌坊進去之後，個子嬌小的Chonlathee就必須忍受人擠人的壓力，只能隨著人潮前進，不像Ton還可以仗著身高優勢，沿路拿起手機拍一些特色店家照片作為紀念。

真心忌妒那種身高，不過這種事只能怪基因，畢竟一出生就短人家一截，現在的身高也才不過167公分而已。

「Ton哥，你現在有多高啊？」小手拉著某人的衣襬，Chonlathee還得抬頭才有辦法看著對方講話。

「185，問這幹嘛？」

「沒什麼，我也想跟你一樣高⋯⋯你知道粿肉嗎？人家說來這裡沒吃到粿肉的話，就等於沒來到廊祝。」

「那個是什麼？在哪裡，馬上帶我去！」

「再走過去一點就到了。」對於某人連珠炮似的講話方式，Chonlathee忍不住呵呵笑出聲。畢竟這張凶凶的痞子臉，跟剛才那些話一點都不搭。

「快一點，我沒什麼耐心！」

「好啦，我知道了。」

身為地頭蛇的Chonlathee負責帶路，不久後便走到剛才提到的粿肉店，點了兩人份之後，便拿著邊走邊吃。

「燙⋯⋯」Ton迫不及待地把剛炸好的粿肉送進嘴裡，隨即嘴裡就飄出白煙，可以想見食物有多燙。「有點像炸豬捲⋯⋯也可能不像，不確定⋯⋯我嘴巴被燙到都麻了。」

「那你趕快吃，舌頭都燙紅啦！我先去幫你買水。」Chonlathee話一說完，立刻就轉身往另一個方向走，留下Ton站在原地用手拚命幫嘴巴搧涼。

銳利的雙眼直盯著小不點的背影瞧，一開始看得到人還不覺得怎麼樣，可是當那嬌小的身影離開視線範圍後，他才有種自己被孤獨地丟在人來人往異鄉裡的感覺。

大個兒站在原地等了Chonlathee好一會兒，久到墊起腳尖，視線穿越人群找人。

可最終還是找不到Chonlathee，看來短時間內是不會回來了。

長腿踏出步伐，視線尋找著那小小的身影。不知從何時開始，街道兩旁的店家不再吸引他的注意，現在他只在意在這兩、三天內快速重新熱絡起來的隔壁弟弟。

Chonlathee……這個讓他心情放鬆的弟弟。

突然，鬆一口氣的心情驀地從心底擴散開來，就在他突然被柔軟的手牽住的時候。

彷彿在茫茫大海中漂流的時候被找著，讓他心中不自覺湧出了一股歡喜。

「你要去哪裡啊？走那麼快，我差一點追不上。」

「我在找你，買水買那麼久。」

「我順路買肉粽，這家非常好吃喔，我們一起吃吧！」

「手臂給我，我要牽著你才行，不然你這麼矮，我找不到你會迷路的。」大個兒勾住 Chonlathee 細小的手臂不放。

這畫面當然相當好笑，但 Chonlathee 並沒有說什麼，只是顧著笑。

「你怕什麼？就算你找不到我，但我一直都看得見你，誰叫你長這麼高，你知道自己超顯眼的嗎？」

「我不管，我已經抓住你了。」勾著手臂的力道更重了些，讓 Chonlathee 笑得合不攏嘴。

「好吧，那麼請北鼻 Ton 哥好好抓著我的手唷，小心不要迷路了。」

「Chon，你那麼想跟芒果樹根培養感情嗎⋯⋯給我閉嘴！」某人的聲音中充滿了不快。

北鼻Ton哥，聽起來笑死人了。不過這樣牽手之後，意外的，內心那一點孤獨感也跟著全都消失不見。

真奇妙，明明小時候Chon常像年糕一樣黏著他，怎麼長大之後反而是他黏著這小不點。

「Chon，晚上你要睡哪裡？」⋯⋯順便問。

「睡家裡，早上你不是說可以自己睡了。」

「我什麼時候講過這種話？」

「你有，那句誰求你了我可是聽得清清楚楚。」

「我啊。」

「什麼？」

「就是我，我這不是正在求你嗎？」話一說完，大個兒非常確定他勾住手臂的人笑了，而且很大聲，讓人感覺真不爽，於是他放下勾住的手，改為揉弄Chonlathee的頭，接著把手臂搭在小不點的肩膀上，剛剛好用來墊手臂。

「你先求我的，所以你輸。」

「嗯，好啦，我認輸！」⋯⋯寧可輕易認輸，也不要一個人睡。

Chonlathee挺著吃撐的肚子走進大院宅內，今天他和Ton哥都沒有和媽媽一起用晚餐，因為Ton哥沿著市集，把所有看得到的小吃幾乎都買了一份。

「超飽的，現在連水都喝不下。」

「我也跟你一樣。」Chonlathee整個人癱坐在沙發上，看著大個兒把上衣脫了放在椅背上。原來Ton哥在家的時候喜歡打赤膊呀，也是，如果他也有那種身材，應該也會想整天在家打赤膊吧！

「我要去洗澡，你想做什麼？」

「我想直接睡，今天不想動了。」

「那你今晚可能要打地鋪囉，身上都臭成這樣了。」

「開玩笑的啦，我想等消化之後再洗。」

「隨便你，你有沒有看到我的手機？」

「好像在桌上？你要打給誰？」Chonlathee好奇地從沙發上彈起來，眼睛直盯著Ton哥看，下一刻才發現自己竟然這麼失禮，問對方要跟誰講電話。

「打給我媽，你不用擔心，不是Amp，我已經封鎖掉跟她之間所有的聯絡方式了。」

「我是要擔心你什麼？」Chonlathee揚起眉毛，一邊盯著對方胸口的船錨一邊問。

「我也不知道，我先去洗澡，全身都黏黏的。」

「請便。」Chonlathee看著對方拿起手機往二樓的方向消失之後，才又繼續癱軟在沙發上。

過不久，口袋裡的手機突然震了起來，拿起來一看，就發現自己被Ton哥在臉書上tag了。

點開後，眼前赫然是一張從後方抓拍的照片。從燈光和

懷古的氛圍判斷，大概是在廊祝古村拍的。

「這裡沒有山，只有海，海就是你，Chonlathee。」

他給了笑臉的讚，以及留言——

「拍得好暗，北鼻Ton哥。」

「想去跟芒果樹根聊天是不是？」

男孩忍不住會心一笑。從時間判斷，Ton哥現在大概已經開始洗了。於是Chonlathee便將手機放在肚子上休息。不料手機突然連續震動起來，不得已，只好又拿起來看。

「你是Chon吧？我是Ton的女朋友」

「你跟Ton在一起嗎？我和他吵架了，他封鎖我」

「我想跟Ton聊聊」

重重嘆了一口氣，Chonlathee思考著該不該上樓告訴Ton哥，想了很久，最後還是決定別干涉比較好，於是他動手回覆——

「他已經回去了」

「下次碰到Ton哥，我再跟他說」

一傳完，他便立刻將剛才的訊息刪除，畢竟放著也礙眼。接著他從沙發站起來走到二樓，直接走進房間內，敲了敲浴室的門。

「Ton哥，樓下浴室的肥皂用完了，我等一下想在二樓洗澡，你洗快一點。」

「嗯，你先等一下。」

等待的時候，Chonlathee決定打開落地窗到陽台上吹

風，淡淡的花香味讓人心情為之放鬆，卻不能遏止他的胡思亂想。

Tonhon是領航員，而領航員和海洋之間是藉由船錨才得以產生牽絆，這就是船錨刺青的意義。那麼他可不可以任性地認為，他們其實是被牽絆在一起的，如果用這個理由將領航員占為己有，是否就沒有問題了？

好想要Ton哥，好想獨占這個人的全部。

⚓ 第 5 章

三個星期後。

純白腳踏車駛過敞開的木造大門，Chonlathee 於黃昏時分回到大院宅內，沿路吹撫臉頰的風帶來海水的味道，還夾雜著淡淡的花香。

這三個星期以來，他已經熟悉了這棟房子裡的每一個角落，就如同他和屋主兒子的交情一樣。

腳踏車靠近大樹時，Chonlathee 的身體稍微向前傾一些，等車完全停下才將腳踩在地板上。

「好了沒，快一點啊，不然來不及看夕陽啦！」

「緊張什麼？夕陽還不是天天有。」

「明明是你約我的，不是說想趁回曼谷之前，多感受一下大自然的氣息嗎？」Chonlathee 挑眉看著 Ton 哥，心裡埋怨對方的龜速。「你再慢吞吞我就不去囉！」

「喂！幹嘛替我心急？還有……你是認真的嗎，真的要騎腳踏車去？」

「真的啊，因為我要帶你去的地方那條路非常窄，車子開不進去，而且我也不會騎機車，所以我們就騎腳踏車去吧，順便運動。」

「那你載我。」

「吼！很重耶！」大個兒跳上後座，雙腳還故意踩著地

面增加摩擦力⋯⋯實在是很故意。

這就是Ton哥會幹的事。

「快點騎，不然會來不及。」

「你真的很愛欺負我⋯⋯」Chonlathee小聲抱怨，但非常確定後頭那傢伙一定有聽見，要不然紅潤的脣瓣才不會沒事就笑得這麼開，都看見整齊的兩排白牙啦！

確實，Ton哥的臉色和前一陣子剛回到這裡的第一天時截然不同，常常嘴角帶笑，笑聲也變多了，而且也沒再提到前女友，因為大部分的時間，他都在想辦法捉弄自己。

「行不行啊？北鼻。」

「抓好囉，我要飆車了！」⋯⋯可不管他做什麼，都無法真的讓Chonlathee生氣，因為只要看到Ton哥開心，他就開心。

白色腳踏車繼續向前行，不過速度比剛才來的時候慢了不少，Chonlathee心想他的小腿一定會變粗，這都是因為後座那個人的關係，Ton哥真的好重，害他騎車的時候得費好大的力氣。

但最後還是騎不動，還沒離開大院宅就宣告放棄。

「哥，我不行了，好累唷！」

「什麼嘛，根本還沒出發。」

「誰叫你比我大，又比我重，照理說應該是你騎車載我才對呀！」Chonlathee轉身回頭看坐在後面露出燦爛笑容的

人，雖然表情還是一樣兇狠，但是對他來說，卻一點也不可怕。

「遜！」

「我承認，完全沒有異議，別浪費時間，趕快換人騎！」他正想站起來把腳踏車讓給對方騎，但Ton哥的大手掌卻壓住他的雙肩，Chonlathee趕緊求饒。「不行，我是真的騎不動了。」

「嗯！我知道，你坐好就是了，我的腿夠長，可以從後面踩。」這不單是炫耀了，這傢伙居然用長腿壓制他的氣勢，偏偏他還沒坐好……。

「Ton哥，我還沒坐好啦！」

「我抓住你了，不會摔下去的。」

大個兒說完之後，便從後面開始踩踏板。這舉動使得Chonlathee全身都僵硬起來，因為後頭那傢伙竟然用一手就控制住腳踏車龍頭，另一手則抱住還沒坐好的自己。

「你腰真細。」

「可以放開我了，我已經坐好了！」Chonlathee大聲反抗，試圖掩蓋自己擂鼓般的心跳聲。這三個星期以來，最多就是被Ton哥揉亂頭髮、當手肘墊、被勾住手臂拖著到處跑……但從來沒有像這樣，這麼近距離地被抱住。

「真的好細……超細的。」

「Ton哥……放開我！」

「唉唷，摸一下會少塊肉嗎？我又不會對你怎樣。」

「如果被人家看到會很丟臉耶！」

「兄弟之間有什麼好丟臉的？」

「我不跟你講話了啦！騎快一點，前面路口右轉！」

「是，Chonlathee少爺！」

Ton用頭撞了撞前面小傢伙的背作為回應，這動作讓Chonlathee往前震了好大一下，此時大個兒終於放下抱住他的手，改為雙手握緊龍頭，依照他報路的方向，一邊騎車一邊哼歌。

往山上騎了好一陣子之後，原本狹窄的道路視野漸趨寬闊，沿路兩旁密林之間的縫隙，也開始透出海面上一閃一閃的橘紅色光點。不過一會兒的時間，一望無際的海洋便即將吞噬巨大的太陽。

Chonlathee叫大個兒把腳踏車停在道路的終點，此時眼前是大大小小的岩石，有的黑、有的灰、有些平坦而圓滑，有些則有稜有角。

「好漂亮，你怎麼發現這裡的？」

「我媽帶我來的，她說年輕的時候爸爸追她，很喜歡帶她到這裡看夕陽。」

「我很喜歡，而且離家滿近的。」

「如果喜歡，以後可以常常來。」Chonlathee看著Ton哥往前走，強烈的海風吹得他的薄襯衫貼著身形，漆黑的髮絲也隨風飄動。

「不過下次騎機車吧，騎腳踏車上山腿有夠痠。」

「好啊。」Chonlathee點頭，拚命跟在步伐利索的傢伙後頭。不像他，每跨一步都必須審慎地思考，否則很容易因沒踩好而跌倒。

風真的非常大，或許是因為個子小吧，所以逆風前行才會如此困難。

Ton哥似乎愈走愈遠，只能遠遠看見他的背影。

突然間，前頭的人倏地轉身，在發現Chonlathee落單後就長腿一邁，又快步走回他身邊。

「害我在那邊自言自語。」

「誰叫你走那麼快。」

「才不是，是你走太慢。」注意到Chonlathee被強風吹到差一點站不穩，大個兒手一伸，迅速抓住男孩纖細的手臂，接著便像攙扶一樣，沿路拖著他走完這一趟。

「夕陽快要入海了，我們到那邊坐一下吧！之前我來的時候，最喜歡坐在那邊看了。」

「嗯。」

往前走一段便來到Chonlathee說的地方，手臂已經被放開了，但是殘留在肌膚上的熱度，讓Chonlathee感覺好像還在對方的禁錮裡。

Chonlathee先坐下，抬頭看著大個兒，剛好就被人用手機捕捉個正著。

「你的臉超呆！」

「你又偷拍我了！」見Ton哥似乎沒有要收手的意思，Chonlathee只好用手擋住自己的臉。

「現在的光線很棒，等一下分享之後就標註你！」

「重新拍啦，把我拍得好看一點。」Chonlathee對著鏡頭露出燦爛的笑容，發現Ton哥繼續按了兩、三下快門鍵後，他就又擺出各種自認最好看的角度給他拍照。

兩人拍了好一會兒，直到Ton低頭在手機上滑來滑去時，Chonlathee才又轉身回到原先的坐姿，繼續享受夕陽西下的寧靜，況且今天很特別，因為身旁多了一個他。

「我還是用原本的呆臉照，快看，快點給我按讚！」

「我等一下再看。」

「你好像很少玩社群網站，臉書也不常更新動態。」

「除了偷拍我的照片之外，你還會偷看我的臉書啊？」Chonlathee臉上掛著甜甜的燦笑，轉頭望向對方俊俏的臉龐。

其實能聽見Ton哥剛才那句話，他真的很開心，感覺就好像彼此之間的距離靠得更近了。「我比較喜歡看別人的，自己反而不喜歡貼東西。」

「謝謝你。」

「謝什麼？」

「謝謝你一直陪我，讓我感覺舒心了不少，就算偶爾想起她，也沒那麼痛苦了。」

「那你打算復合嗎？我沒有逼問你的意思，不過你之前

說過需要時間思考，確定自己對Amp姊還有沒有愛，結果呢？」

「應該不會。」

「Ton哥……」

「嗯？」

「沒事，沒什麼，我忘記自己剛剛想說些什麼了。」Chonlathee嘆氣，轉頭繼續看大半已經沉入海裡的夕陽。他不確定自己剛才想說什麼，也不知道從什麼時候開始，不要碰這個人的想法變得愈來愈薄弱。

好想觸碰，好想占有，好想破壞這一段距離。

「怎麼跟我一樣啊，本來要說什麼突然就忘了，哈哈哈哈……對了Chon，我可不可以要求一件事？」

「什麼事？」

「我沒有兄弟姊妹，所以想要你當我弟弟，乾哥乾弟之類的。」

「……也可以啊，可是我很不聽話喔！」

「那有什麼問題，不聽話我一律打爆屁股，所以如果不想短命，最好給我乖乖聽話。」大笑過後，Ton把手伸到Chonlathee面前。而就在Chonlathee把手放在大手上的那一秒鐘，他便發現了一個事實……。

這樣的關係，已經沒有昇華的希望了。

太陽已經完全沒入海中，藍天從橘紅色……紅色……

紫色⋯⋯依序變為深藍色，直到天空布滿了一閃一閃的繁星。

接下來有好長一段時間雙方都沉默不語，像是各自陷入自己的思緒裡，直到聽見蚊子的嗡嗡聲，Chonlathee才開口建議回家。

「我們回去吧，蚊子都出來了。」

「嗯。」Ton站起身，然後朝他伸手。「抓好，現在天色很暗。」

靠著手機裡的手電筒照亮路面的岩石，兩人小心翼翼地走回腳踏車的停放處。

「回程讓我坐在後座喔，天那麼黑，要是像來程時那樣騎車，我們可能會一起掛彩。」

「誰說要讓你坐後座，來的時候是我騎，回程當然換你騎。」

「⋯⋯蛤！」

「開玩笑的，不用瞪我，快點！還想站多久，趕快上車幫我打開手電筒！」

「好。」Chonlathee聽話地坐在後座，拿著手機用手電筒幫忙照亮道路。

清涼的微風徐徐，海的味道變得愈來愈淡，這個時候已經不需要開手電筒了，因為不只有路燈，還有時不時出現的轎車，燈光足以照亮整個道路。

Chonlathee坐在腳踏車後面，挺直腰桿保持平衡，然

後趁隙點開自己被標註的照片。

其實照片不算太糟，夕陽溫暖的光線照得他肌膚發亮，水汪汪的大眼呈現淡棕色，不過最吸引他的，還是下方的文字。

「Tonhon & Chonlathee」

「你朋友瘋狂炸貼圖耶！」Chonlathee把注意力移到留言處，要不然會被照片底下的那些文字搞得心旌搖曳。

他認得那個底下猛炸貼圖的人，就是Ton哥的好朋友，叫做Chen Nai，「你朋友的名字怎麼念？nai1⋯⋯nai2⋯⋯nai3⋯⋯nai4⋯⋯好難喔！」

「別理他，都是一群神經病，等你開學之後就知道，他會一直過來煩你，因為知道你是我弟。這傢伙很喜歡管別人家的事，結果自己的事卻處理得亂七八糟。」

「Nai哥滿帥的，看起來好像很好相處。」

「他已經死會了，等你看到Ai就知道真正的帥是什麼樣子。」

「Ton哥也很帥。」他含糊地回，下一刻卻不高興地皺起眉頭，因為手機螢幕上出現了令人不悅的通知。

「Chon學弟，請讓我跟Ton哥說句話」

「你已經幫我跟Ton哥說了嗎？」

「Ton哥，我好睏喔。」他把手機收回口袋裡，完全不想點開訊息看。

「很快就到家了，今天一起睡，明天我要走了。」

「好啊，騎快一點！」Chonlathee一邊將臉頰貼在對方寬厚的背上，一邊思索自己這樣做到底對不對。

「媽的，睡著啦？小心掉下去！」

不顧前頭人的警告，Chonlathee依舊貼在對方背後緊閉雙眼，原本垂掛在身體兩側的手臂被對方抓去抱住結實的腰……他不想再去思考此刻做的事是對或錯，只求能夠多享受這一段美好的時間就足夠了。

睡大院宅的最後一夜和平常一樣，Ton哥留他下來是為了想排遣分手的寂寞，他也就心安理得地將Ton哥的床當成自己的床。

平常一個人睡一半的大床鋪，現在被他以大字型完全霸占，大膽挑釁站在一旁打赤膊的人。

「閃開！」

「不要！」

「過去一點，我要睡了，不然我就跳到你身上睡，被壓到骨折我可不管！」

「菸味好臭唷。」

「以前都沒聽你嫌，現在居然敢嫌了，今天就抽這麼一根而已。」

「之前沒有像現在這麼熟，現在熟了，可以嫌了。」Chonlathee把手腳收起來，翻身滾回自己的位置上躺好，他承認自己輸給這一雙犀利的眼睛、輸給胸口這一道船錨刺

青，以至於不敢再囉嗦頂嘴。

　　但是大個兒並沒有直接躺下來，而是走進浴室內。

　　Chonlathee聽見刷牙的聲音，過了好一會兒才看見他走回來……。

　　「還聞得到菸味嗎？」

　　突然逼近的帥臉，甚至主動爬上床來……Chonlathee看著他臉上的水珠，近距離的接觸，讓他的心跳也為之漏了幾拍。

　　「還……還有一點，不過不臭了。」

　　「Chon，這麼近看，才發現你的皮膚又白又細。」

　　「幹嘛摸我的臉啦！」Chonlathee嚇得驚慌失措、拚命往後縮，奇怪的反應惹得Ton哈哈大笑。

　　「小氣鬼。」

　　「快……快點關燈睡覺！」Chonlathee用腳尖輕輕地踢了一下大個兒的大腿，叫對方去關燈。雖然力道不大，沒想到Ton哥卻一個沒站穩，直接跌在床上，可倒了就倒了吧，他竟然不起身，反而找蜷縮成一團的Chonlathee算帳。

　　「嗯，快睡快睡，明天記得幫我一起收拾行李。如果有要我先幫你帶去宿舍的東西，就一起丟後車廂。」

　　「好。」回話之後，Chonlathee一如往常地翻過身準備睡覺，突然他感覺到床鋪微微震動了一下，接著房間的燈就熄滅了。他豎起耳朵聽了一會兒身後人的動靜，不久後便陷入一片沉靜，只剩下對方規律的呼吸聲。

混合著肥皂香的尼古丁味依然讓他迷戀不已。或許因為今晚是兩人一起待在大院宅的最後一夜，於是他決定翻到另一面，想好好看看Ton哥的睡臉。

只是當Chonlathee的視線適應了黑暗之後，才發現原來Ton哥是面對著他睡覺的，之前他總是不敢轉身過來看，不知道是否其他晚上也都如此。

一個不小心就開始分析起對方的五官。他最喜歡的部位是眼睛，然後才是排列整齊的一雙濃眉。

Ton哥的眉毛十分好看，不只如此，當銀色眉釘反射出閃耀的光芒時，就更能突顯出他的魅力。

Chonlathee伸出纖細的手指，猶豫著要不要碰一下那個眉釘，最終他還是沒能克制住慾望，碰了那個金屬製品。指尖在 Ton哥的立體輪廓上下滑動，從眉毛開始，沿著眼皮，一路滑過臉部線條，最後停在緊閉的雙脣上，那個尼古丁味最重的地方。

「好想吻你……聽說菸味很苦，不知道你的味道是不是一樣苦。」

「就一次，我不會再奢求了。」

以前他也說過只要能待在身邊就好，不敢抱有更多的奢望。

Chonlathee仍清楚記得自己說過的話，也很嫌惡自己無止盡的貪婪，他就像個無底的杯子，不管倒進多少水都不夠。不僅喝不到水，還被無盡深淵拉進了漩渦裡頭。

「就一個吻⋯⋯你千萬不能現在醒過來喔！」既然決定要親了，當然希望目的能夠達成，Chonlathee挪動身體靠近男人一些，讓自己的位置高過那緊閉的雙脣，然後低頭用嘴脣貼上對方，還不忘憋住氣，不讓自己紊亂的氣息驚擾到Ton哥。

只是位置雖然定好了，他卻因不知怎麼繼續下去而萌生退意⋯⋯。

意想不到的事情發生了！

熾熱的大掌突然繞到後背將他抱住，原本緊閉的雙脣稍稍分開片刻，Ton哥的舌頭就趁勢進到了他的嘴裡。

「唔！」

Chonlathee嚇得差一點失神，陌生的新鮮觸感讓腦袋漸漸開始放空。這個吻既黏膩又濕潤，熾熱的舌頭掃進他的嘴裡，要求交換唾液，上下脣瓣既痛又癢，這樣被熱切的吻著，實在是⋯⋯。

過了好久，Chonlathee才被放開，孟浪過的傢伙一個翻身便轉向另一邊，嘴裡若有似無地呢喃⋯⋯。

「好甜，非常甜⋯⋯」

是夢話吧⋯⋯Ton哥是不是在說夢話？

⚓ 第 6 章

　　隔天早上，Chonlathee坐在床上一臉頭昏腦脹的樣子，他幾乎整夜沒睡，一直在擔心昨晚的事，到底Ton哥是在說夢話，還是真的被發現了？結果整夜都在摸著嘴巴，焦慮到睡不著。

　　……大人式的接吻，他和Ton哥的接吻是大人式的啊！

　　舌尖依然殘存的甜味混雜著香菸的苦味，感覺美好到無法言喻。

　　一切都好棒，只除了一開始他先偷襲Ton哥的事。

　　「這麼早起？」

　　「啊……Ton哥……呃……啊……早！」

　　「睡醒就口吃？」

　　「沒有啦，對了Ton哥，你昨晚有沒有做奇怪的夢，或感覺哪裡怪怪的嗎？」Chonlathee屏氣等待著答案，藏在棉被下面的手緊張地抓住床單。

　　「沒有啊，昨天超睏的，睡得很沉。你幹嘛問這個，有鬼？被壓床？」

　　「沒事，我只是做了奇怪的夢，你突然就拖我去跟芒果樹根聊天。」聽到大個兒的回答，Chonlathee明顯鬆了口氣，趕緊編個謊言混過去。

　　「你嘴巴怎麼了，這麼腫？」

「呃……嗯……嗯……呃……」

「還要繼續嗯多久？」

「我不知道欸。」Chonlathee用手遮住嘴巴，暗自反省，他緊張的時候講話會口吃，而且眼神也會飄忽不定。

看起來超級可疑。

「算了，現在很晚了吧？」

「現在才六點耶，你幾點要走？」Chonlathee試圖讓自己冷靜下來……這種時候先轉移話題就對了。

「吃完早餐之後收拾收拾就直接出發，我在猶豫要先回家，還是直接去宿舍，可是現在回宿舍也沒人，同學都還沒回去，這樣我又會孤單一個人，感覺還是先回家一趟好了。」

「下星期我就會過去找你，在這期間如果你覺得孤單的話，可以打電話給我喔！」話才說完，Chonlathee就暗罵自己話說得太快，居然這麼主動提議，哪有兄弟會在寂寞的時候打電話給對方的啦！

不過Ton哥看起來不像他這麼會胡思亂想，因為他只是點點頭，隨後就走進浴室。

看Ton哥沒再說什麼，Chonlathee鬆了好大一口氣。

Ton哥的味道真好。

行李收拾完後，Ton順道送了Chonlathee回家。

面對Chonlathee的媽媽，Ton的道別顯得既禮貌又有誠意，轉身對著Chonlathee時，卻只是揉揉他的腦袋說，

「下星期見。」接著便開車揚長而去。

Chonlathee伸長脖子，看著熟悉的車直到消失不見才肯離開。結果一轉身走進家門，就看到母親以奇怪的眼神站在那望著自己。

那表情似乎在憋笑，又好像想調侃他似的。

「怎麼了？」

「要不要今天就跟著他去曼谷啊？」

「不要，分開幾天比較好。」

「進展得怎麼樣，對隔壁鄰居兒子下手了嗎？」

「媽，什麼事都沒發生啦！」Chonlathee死命搖頭，趕緊躲回房間裡，但母親仍不放棄，跟在他後面頻頻追問。

「可是他霸占了我兒子那麼久，害我都差點忘記我兒子的長相了呢！」

「別這樣，他只是最近比較寂寞，一個人沒辦法入睡才讓我過去陪他而已……」

「是嗎～」母親拉長尾音，很明顯就是不信。「Ton不管在家或在宿舍，不都是一個人睡？回到這裡就睡不著，你不覺得奇怪？」

「或許是因為換了地方吧，失戀的人本來就怪怪的！」

「如果今天Ton又因為睡不著打電話給你，我就得跟你Tai姨談談聘金了。」

「神經喔！我要回房間去看電影啦，不想跟妳聊。」Chonlathee想藉著逃回房間終止話題，但母親的聲音卻還

在後頭叨叨絮絮。

「當人和人之間的距離變得更親近之後，其實會變得很可怕喔，尤其是心理狀態比較脆弱時，我的看法肯定不會錯，Ton已經習慣有你在身邊的日子了。」

……才不是，其實是他已經習慣有Ton哥在身邊的日子才對。

Chonlathee低聲呢喃著……分開一個星期也好，緊繃的神經可以稍微放鬆休息一下，最近心情真的有夠不穩定。

Chonlathee站在自己房間陽台上看著夜晚的景色，眼神不經意望向睡了三個星期的大院宅，心想兩家就只隔著一道圍籬，但兩間房子卻有著截然不同的氣息。

Ton哥家周圍種滿了木本植物和花卉，屋子本身並不特別寬敞，只是普通的兩層樓小房，很像一般大院宅的屋子構造，周圍的院子反而占地較大，一看就知道是屬於有錢人家的資產。

至於他家，建築物本身比較大，也較為偏向現代風格，只稍微種了幾棵樹而已，院子有一大部分都是草皮，以一公尺高的白色圍牆與外頭劃分。

就在他還在陽台上發呆時，放在床鋪上的手機突然響了起來。

Chonlathee的思緒立刻被拉回到眼前，他打開落地窗回到房間內，然後趕緊關上窗戶不讓空調外洩。

白細的大長腿不緊不慢走回床邊，光看到螢幕上的名字，心臟便開始不由自主地瘋狂跳動。

螢幕上顯示的名字竟然是 Ton 哥。

不過才剛分開幾個小時而已，竟然就打視訊電話過來。

「現在不能接電話，千萬不能在房間裡接電話！」

Chonlathee看著自己充斥粉紅凍奶色系跟一堆絨毛娃娃的房間，著急的團團轉。

蒐集三麗鷗娃娃是他的興趣，而房間之所以是粉紅色，則因為這正是他最愛的顏色。

他冷靜的想了想，立刻抓起手機，往當前開視訊最安全的地方——陽台移動。

背景準備好之後，Chonlathee才按下接聽，接著螢幕上便出現一個眼神兇狠的男人。

「你好慢！」

「我剛才在上廁所。」

「還沒睡？你現在在哪裡講電話？」

「還沒，我在房間陽台吹風。」Chonlathee對著螢幕裡的人笑，螢幕那端的背景是一顆枕頭，很明顯Ton哥應該是要睡了。「哥找我有事嗎？」

「我只是想跟你講個話……不方便？」

「可以啦，只是覺得怪怪的。」

「嗯！我也覺得自己有點怪，睡不著……一點睡意都沒有，但是這樣看看你、聽聽你的聲音，竟然開始有睡意

了。」

「孤單寂寞冷吧，北鼻 Ton 哥。」

「居然敢趁機叫我北鼻 Ton 哥，如果你在我旁邊的話，早就被我 K 了。不過話說回來，Chon……你沒戴眼鏡的時候比較好看，我現在才注意到你長得滿不錯的，我不是說你帥，我的意思是……可愛。」

Chonlathee 看到 Ton 哥皺著眉頭，把臉靠近鏡頭，應該是想把他看清楚一點？

「是有滿多人這麼說過，所以哥現在要睡了嗎？祝你好夢喔。」

「感覺好像被趕，不過我是真的想睡了，就先跟你說好夢囉！」

「好啊，祝你好夢。」

話音剛落，電話那頭便隨之掛斷，只留下心情複雜的 Chonlathee。

Ton 哥真的像母親預言的那樣打給他……不過可能是因為寂寞吧，才不是因為習慣有他在的日子什麼的。

手機螢幕再一次亮起，Chonlathee 好奇地開啟、檢視通知，才發現他又被 Ton 哥標註了。

意外的是，照片是他和 Ton 哥打視訊電話的截圖，大畫面上是他的臉，而右上方角落的小畫面則是 Ton 哥的臉，照片底下的文字只有短短的一句──

「第一張合照」

還來不及按讚，就先被Ton哥的朋友──Nai哥瘋狂炸貼圖留言……。

「Ton，你弟超級可愛，我加入Chon粉後援會了，以後的hashtag是#Chonlathee隊」

他忍不住笑，看著Ton哥的簡短回應……。

「跟Aiyares請示過了沒？」

「還沒，等他看到的時候我可能會死，靠腰……我還沒寫遺囑。」

Chonlathee津津有味看著兩人鬥嘴，按了一個讚之後，就回到床上躺下。

……其實今天他也覺得好奇怪，不久之前明明每天都有人躺在旁邊一起睡的啊……。

充斥著Ton哥的思緒相當難以整理，他要非常努力提醒自己，安守好暗戀者的本分，在一起的時候必須保持堅強的心智，這樣才不會受太重的傷。

可他卻無法不愛Ton哥，即使很努力不讓幻想繼續逾矩，每次都拚命地提醒自己，但結果總是失敗。

「唉，好煩惱啊！」

「我信，因為冰淇淋都已經被你放到融化了。」

「啊，想要Ton哥當我老公。」

噗！

Chonlathee看著好姊妹剛喝下一口水就噴出來，強烈

咳嗽的聲音還引起店內其他客人的注意。

「不是說好只要暗戀就滿足了？」

「可是在一起玩之後，天天那樣近距離接觸，我發現我已經無法滿足於只是暗戀了，Gam，好想要他喔，好想要老公！」

「上吧！我支持你。」

「那樣的話會連兄弟都當不成。」他還記得一起去看夕陽那一天的承諾，說好要當結拜兄弟的。

「你最好是受得了啦！下星期不是要搬到宿舍一起住了嗎？」

「就是呀。」

「認真問你，只能靠近，只能看著他，這樣難道不痛苦嗎？我沒暗戀過誰，不懂那是種什麼感覺。」

「痛啊，但總比被討厭好。我之所以對Ton哥這麼好，就是希望我在他的生活裡是有存在感的，不過沒想到自己卻愈陷愈深。」

「多深？失身了？」

「沒有，但偷吻了。」

「吷～～～～！」Gam發出高分貝尖叫聲，瞪大眼不可置信地盯著好友看。「怎樣的吻？」

「輕輕碰一下而已，我哪裡會接吻了。」Chonlathee聲若細蚊，把食指放在嘴脣前，拚命要好友小聲一點。

他沒有說謊，真的只是碰一下Ton哥的嘴脣而已，不過

因為對方在做夢，才會一不小心⋯⋯變成深吻。

「唉，Chon，沒想到你這麼大膽，偷親這種事都幹得出來，要Ton哥當你老公應該難不倒你才對！」

「神經喔！亂講話，妳把我當成什麼了!?再說⋯⋯Ton哥也不喜歡我。」

「但我看Ton哥還滿在乎你的，常常貼照片標註你。」

「那只是貼好玩而已！」

「但你還是有偷偷期待吧，希望Ton哥對你有意思。」

Chonlathee翻了個白眼，Gam太了解自己了，真討厭。

「嗯，是沒錯，我是有偷偷期待。」

「追他，你要追他，要有計畫性地勾引，讓他掉入你的桃色陷阱！」

「不行啦，不能破壞兄弟情。」

「兄弟再找就有，要幾個有幾個，老公比較重要。這樣吧，Chon，你要不著痕跡地追他，好好利用你們的關係和他對你的信任，自然地靠近他，就像你現在做的這樣就對了，可以試著增加一些情侶的互動，多下一點猛藥，讓他以後不管遇到哪個女生都不會再心動，遲早有一天他會變成你老公！」

「找屍油偷作法，會不會比較簡單一點？」

「有法師推薦，請私。」

「喂，居然還接梗！剛才妳說的猛藥是什麼意思？說來聽聽。」Chonlathee舀起幾乎都融化的冰淇淋放進嘴裡，

全神貫注地聽好友即將要發表的建議。

「簡單舉個例子，所有男生都喜歡被順毛摸，你先無條件地討好他看看，像是他想吃什麼就讓他吃，不要有任何反對的想法，他想做什麼，你就支持他，不要吐嘈調侃，一切以讓他開心為第一重點。最重要的是，不要吵架！」

「我也沒反對過他什麼。」

「這樣很好，接著就是送小禮物，讓他時時刻刻聯想到你。」

「Ton 哥的眉釘啊！那是我送他的，一直戴著都沒拿下來過……那個可以嗎？」

「要保持每天聊天的習慣，等到哪一天你消失了，他就會覺得好像少了什麼一樣。」

「嗯哼，還有呢……其實最近幾乎每天都會聊天。」

「再來是要宣示主權，這樣可以除掉情敵和潛在的競爭者!!!」

「幹嘛，突然大聲起來，想嚇死我啊！」Chonlathee 太專心聽了，差點被突如其來的高音頻嚇到，茶杯裡的小湯匙一下摔到地上。

他用眼神斥責好姊妹。

「有沒有聽懂我的話？」

「……啊……」其實聽不太懂。

「如果你想要他，就要讓 Ton 哥喜歡上你。」

「有這麼簡單？要是做得到，我早就成功了好不好？」

「加油！對了，我忘了還有一點，就是要故意讓他吃醋，所以你得留意自己的打扮，最好能讓他的醋桶大爆炸！」

「很抱歉，人家天生麗質。」

「煩欸……不過看在你是我多年好姊妹的分上，我會幫你做周全的計畫，儘管安一百二十個心，Chonlathee嫁給Ton哥大作戰絕對萬無一失。」

「希望妳不會做什麼奇怪的事情。」

「唉唷，哪會有什麼奇怪的事，你下禮拜要搬進他的宿舍對不對？計畫的部分就交給我，我保證一切沒問題。」

「你說的沒問題，意思是我會被他討厭？」

「拿出自信啦！Chon，你長得這麼可愛，個性也好相處，不管誰跟你在一起都會喜歡你，所以Ton哥應該也逃不出你的掌心才對。」

「我也不知道耶……」Chonlathee抽出一張面紙，明明冷氣這麼強，他卻滿頭是汗。擦完冷汗之後，又用面紙擦一擦弄髒桌子的冰淇淋汙漬。

其實他最擔心的一點是 —— Gam的計畫，到底行不行啊……？

⚓ 第 7 章

高聳的山脈、綠林、草叢，和一望無際的大海，轉眼間就變成了高樓大廈林立的的水泥叢林。Chonlathee坐在動彈不得的車陣裡聽音樂，無奈地承受著午後的烈日穿過深色的車窗玻璃，炙烤他白嫩的肌膚。

今天母親出動大型家庭房車，親自開車送他到目的地。

大量的生活必需品塞滿了整台房車，不過因為是要搬進Ton哥的宿舍，所以絨毛娃娃大軍通通被留在家裡。

Chonlathee決定先不開自己的車，他已經跟Ton哥商量好了，初期對方會先幫忙開車接送上下學，而且還可以借車給他用，讓他先熟悉曼谷的路況。

關於這一點，大個兒和母親的想法倒是一致，因為曼谷的路況和外府完全不同，最明顯的就是塞車的車陣中，總是會出現機車鑽來鑽去，看得人膽戰心驚，深怕後視鏡會和兩輪交通工具一起隨風消失。

最後他們家的大房車終於順利抵達Ton哥的宿舍，更慶幸的是，兩邊的後視鏡都安然無恙。

一下車，Chonlathee便忍不住有些感傷，畢竟從小到大都沒有離開過媽媽，也是第一次離家這麼遠，會牽掛在所難免，與此同時，Chonlathee的母親同樣擔心著兒子。

Chonlathee雙手合十，向一位站在Ton哥身旁、樣子

親切和藹的中年女人示敬……她就是 Ton 哥的媽媽，Tai 姨。

這棟宿舍離學校並不遠，是一棟樓層非常多的住宅大樓，有電梯和完善的警衛系統，而且附近還有小七，他確定自己不會餓死了。

「Ton，快去幫忙搬東西！」Tai 姨輕輕拍一下兒子的手臂，催促著大個兒走到已經打開的後車廂。

「其實你只要帶衣服來就好了，其他東西都可以用我的。」

「我媽幫我整理的啊。」Chonlathee 一面拿東西一面回答，突然就聽到 Ton 哥發出哀嚎，定眼一看，原來是被 Tai 姨掐了手臂。

「對弟弟說話不要這麼粗魯，什麼 mueng 啊 goo 的，小心被我揍，還有表情不要這麼凶狠，嚇唬誰啊！」

「嗚……我從以前到現在一直都是這樣講話，而且我的臉本來就長這樣，Chon 他早就習慣了好不好？」

「還敢頂嘴？欠打嗎？」

「哼，Chonlathee 才剛到，Tonhon 馬上就變成撿來的了。」Ton 哥故意假裝斜眼瞪他，手上的動作卻沒停。

只見他單手把行李箱從車子上搬下來，單肩勾著背包，再用剩餘的手去抓其他行李。

Chonlathee 動作也沒停，自己拿些小東西和已經燙整過的衣服跟上去。看著 Ton 哥的背影，他忍不住喟嘆，多虧

他體格好又強壯，讓自己省了不少事，畢竟這些東西，家裡的幫傭阿姨可是搬了兩趟才搬完。

「我還欠你一頓飯，之前答應過你幫我搬東西進宿舍的時候要回請。」

「好啊，等一下就帶你去我常去的店。」

「沒問題。」兩人的對話在走進電梯之後便結束，兩片門闔上後，電梯裡便只剩下母親和Tai姨在聊前兩天剛上市的新款包包。

然而Chonlathee卻完全沒有心思去聽，因為現在的他，整個人整顆心都已經被熟悉的尼古丁味占據了。

電梯來到五樓，屋主一馬當先領頭，好在這裡的走道相當寬敞，讓搬家的過程相當順利。

房間是505號，Chonlathee站在門前等房間主人拿出門卡感應，大夥兒才跟著把行李拿進去。

「我已經幫你申請門卡了，明天應該就可以拿到。」

「謝謝，房間好寬敞喔。」

「住久了你就會覺得愈來愈小……其實我媽有問，要不要換成兩張單人床各自睡，不過我已經說了我可以跟你一起睡，因為在大院宅的時候我們也是一起睡的。」Ton安靜了一會兒，望向緊閉的臥室房門後又繼續說。「但如果你想分床睡也可以……」

「不用這麼麻煩啦，你們這麼幫忙，我已經很不好意思了。」Chonlathee對著Tai姨淺笑，其實他和Ton哥的媽媽

還滿熟的，因為阿姨常常去他家，有時候還會住上個兩、三天，以前甚至還一起出國玩過呢！

「什麼不好意思，你也像是我的小孩一樣，如果Ton欺負你的話，一定要打電話跟阿姨說！」

「我哪有欺負他？」

「對啊，Ton哥沒有欺負過我。」Chonlathee趕緊為心上人護航，眼角偷偷瞄著母親和Tai姨的反應。

好險，她們似乎都挺高興的。

「感情真好，我們走吧Tai，我快被閃瞎了……那你們就好好相處啦！Ton，Chon就拜託你了喔，如果他敢亂來的話，你可以直接管教沒關係。」

「好的。」

「Chon，媽先回去囉，如果哪一天想回家就打電話給媽媽，我會叫司機開車過來接你。」Chonlathee的母親把他抱在懷裡，又不捨的摸摸頭、拍拍背，過了好一會兒才肯放開。

「好啊，媽到家的時候跟我說一下！」Chonlathee看著媽媽轉身離開的背影，內心突然感覺一陣酸，想起小時候第一次上幼稚園時也是這種心情，但現在他長大了，再也不能哭鼻子了，只能默默將脆弱的心情隱藏起來。

「還有缺什麼東西要買的嗎？附近有百貨公司，我可以帶你去。」

「我自己弄就好，如果有缺會跟你說。」大門已經關上很久了，Chonlathee 終於把注意力從門口轉移到手插腰看著他整理東西的大個兒身上。

但是當聽到他說要自己弄之後，Ton 便拖著大行李箱走進臥室。

「衣櫥在臥室裡，裡面跟外面各有一間廁所，廚房可以隨意煮東西，東西一應俱全。不過餐桌現在已經當書桌用了，因為房間裡的那張被我拿來打電動啦。」

「看起來你對電動很捨得投資嘛。」

這是 Chonlathee 走進臥室裡之後的感想。

房間內的冷氣一直開著，溫度極為涼爽。角落有張不算很大的桌子，上面有台 25 吋的螢幕，周圍則是全套頂級電競配件和電競椅，看起來價值不菲。

「你有在打電動嗎？」

「我不會玩……你好像打到一半，繼續玩吧，我自己整理就好，謝謝你今天幫我搬東西上來。」

「沒關係，需要我幫忙的話就叫大聲一點，戴耳機的時候比較不容易聽到。」

Ton 一說完便轉身脫掉上衣放在椅背上，然後開始進入遊戲模式。Chonlathee 在身後看著這樣的 Ton 哥，忍不住感嘆，專注於某件事的男人看起來好有吸引力喔。

由於舟車勞頓加上整理房間，全身粘膩的 Chonlathee

因此跑去洗了個澡，在臥室裡一個小時內走進走出數次，每一次離開房間時，都有道視線緊緊尾隨。

有時Ton會問需不需要幫忙，然而大多數的答案是「不用」。

好不容易整理告一個段落，Chonlathee躺在床上休息玩手機，而Ton則依然背對著他繼續打電動。

Chonlathee翻過身面向Ton哥的方向，鼓起勇氣請示，不過是在心裡說就是了，然後用手機拍下Ton哥的背影傳給Gam看。

「我已經搬進Ton哥的宿舍了。」

「你們在幹嘛啊？」

「Ton哥在打電動，我在床上。」

「嘿！不能光躺著而已，要照計畫做點什麼勾引Ton哥啊。」

「他只顧著打電動，都沒在管我。」

「你試試看到他旁邊，拿下眼鏡跟他說話，問他在玩什麼遊戲之類的，殺他個措手不及，如果他有臉紅或心跳加速的反應，就表示他也很在意你。」

「妳到底怎麼知道這些東西的？」

「從小說上看到的，趕快去試一試，記得回報效果怎麼樣。」

Chonlathee依言把手機放下，照Gam的提議拿下眼鏡，然後走到Ton哥身後，把臉靠近他。

兩人之間的距離只有一個巴掌之隔，這時滑鼠點擊聲變得更亂了，接著是Ton氣急敗壞的聲音……。

　　「你在幹嘛？不要突然靠近我，擋到我了！」

　　「我只是想看一下你在玩什麼遊戲。」Chonlathee鼓起勇氣靠得更近，鼻尖幾乎都要貼到對方的臉頰上了。但此時臉紅跟呼吸急促的都是自己，大個兒只是 ──

　　砰！

　　「我說了會擋到，死了啦……死了沒？」

　　大手輕輕地把他的頭推離視線範圍，然而Ton的表情卻完全沒有變，沒有任何呼吸急促的反應，就連一點兒泛紅的痕跡都沒有。

　　Chonlathee絕望地轉身趴回到床上，向計畫主謀Gam回報結果。

　　「算了吧，什麼事都沒發生，結果還被推開了。」

　　「革命尚未成功，先別急著數傷亡兵數！」

　　「夠了，我想投降。」

　　Chonlathee不想再跟對方聊天，果斷地關上對話框。

　　反正Ton哥不可能會喜歡上他的，這個認知讓他難過得把臉埋進床鋪裡。

　　好睏……而且好餓。

　　「都是你！害我死掉。餓了沒？我們一起出去吃飯。」

　　側腰被人輕輕地碰了一下，Chonlathee趕緊跳下床，看著大個兒已經穿好衣服，用有眉釘的那一邊對自己挑了挑

眉，車鑰匙拿在手上晃啊晃。

「好啊，有一點餓了。」

「我同學也會去，他說會以你的粉絲身分出現。」

「是Nai哥嗎？」Chonlathee站起來拿錢包準備外出，順便把手機塞進褲子口袋裡。

「嗯，還有Ai，他們兩個是連體嬰，可不可以？」

「沒有問題。」

這一趟到餐廳的路，是Chonlathee開的車。因為Ton的車比較長，起初開得並不太習慣，但是因為他本來就會開車，很快便上手了，倒是要記住學校裡面的路線問題比較大。

對方的本意是希望他認識整個路線的全貌，不過要牢記的地方只有學生餐廳、他就讀的管理學院，和Ton哥念的工學院就好。

後兩者的位置距離相當遠，工學院靠近前門，可管理學院卻在學校的最裡邊。

在學校內開車繞來繞去一會兒後，Ton哥便指出前往餐廳的路線。

好在現在時間還早，小咖啡店外的停車場還有不少車位可以停。

「坐靠窗的桌子吧！」

「好啊。」

他和Ton哥之間的日常對話似乎變得愈來愈短，不過這並沒有讓他感到尷尬，因為他們之間講話愈來愈簡潔的原因，是他們更懂彼此的肢體語言了。

Chonlathee走在Ton哥身後來到玻璃窗邊的桌位，然後面對面坐下。

「你看Ai停車的方式，欠不欠扁！」Ton指向店外停車場的方向……一輛BMW開進來，橫向擋在兩人的車前。

依照剛才Ton哥說的話判斷，那人一定就是Ai哥。

「你過來坐我旁邊，我同學有病，他們兩個一定要黏在一起。」

「我記得在臉書上看過Nai哥的照片，本人看起來好像很好相處。」

說是這麼說，Chonlathee還是站起來換到Ton旁邊的位置，接著就看到Nai露出燦爛的笑容，下車跑到駕駛座另一側等另一個人下車。

下車的是Ai，一出現便把手臂搭在Nai的肩膀上。

「那人就是Ai。」

「好帥喔，你同學都長得好高。」

「Nai跟Ai應該算矮的了。」

「Nai哥這樣算矮，那我算什麼？」Chonlathee笑不可抑，Ton哥嘴裡說的矮子，身高再加上半吋就跟Ai哥差不多了。

「你只是小不點。」

「聽起來滿可愛的嘛。」

「Chon，我問你一個問題。」

Chonlathee轉頭看著突然把手放在他大腿上，面露嚴肅表情的大個兒。

「你對同性戀有什麼想法？」

「啊⋯⋯」難道被Ton哥發現了？

「我想先提醒你，這兩個人是一對情侶。」

「真的假的！Ai哥跟Nai哥？」Chonlathee的視線在Ton哥的帥臉，和愈走愈近的兩個人之間切換。

真的看不出來！不過從兩人的互動，時不時會稍微捉弄一下對方的舉動看來，其實也八九不離十⋯⋯。

「嗯，我先跟你說一聲，等一下他們放閃的時候你才不會被嚇到。所以你的想法是什麼？」

「我還好耶，兩個人若是相愛，其實和性別無關⋯⋯為什麼會突然問我關於同性戀的想法？」

問這話的時候，Chonlathee只感覺到一陣耳鳴，在等待對方回答時，背脊也是一片涼。

「我跟你一樣還好，什麼性別都無妨，只要相愛就可以了。」

「你有考慮過跟男生交往嗎？」

「不，我現在還是喜歡女生。」

「啊⋯⋯我不應該問這個問題的。」Chonlathee面露苦澀，轉頭對剛到的兩個人投以微笑。

「你幹嘛問這種問題，因為我常常叫你來陪我睡，就以為我對你意圖不軌？想都不用想，絕對不可能！」

聽到不可能三個字，Chonlathee的心情有一點衝擊。但是當Nai哥的聲音傳來時，尷尬的氣氛立刻隨之煙消雲散。

「我的好兄弟，終於啊，終於……」

「終於什麼屁，請說人話。」

「終於就是終於的意思呀，你好啊Chon，我叫Chen Nai，這一位是Aiyares，叫他Ai就可以了。通常在不熟的人面前，Ai的話會比較少，但是沒有Ton那麼笨就是，跟他在一起辛苦你了。他屬於標準的四肢發達，頭腦簡單的標誌性人物。」

「至少不像你是老公控，Ai你是什麼時候從楠府回來的？」

「兩天前，我剛去接Nai過來的。」

一瞬間，Chonlathee就迷上了Ton哥這位同學溫柔低沉的聲音，而且還不只如此，從對方沉穩的舉動也可以看出受過良好的家教。而他的伴侶Nai哥呢，似乎是與情人截然不同的個性，一到店裡就立刻跑去跟櫃檯要菜單，還主動問折扣和主廚推薦的餐點。

如此截然不同，卻又很相配……好到令人忌妒。

「讓Chon先看菜單點菜喔，我逼Ton告訴你我是你的粉絲，他有沒有跟你說？讓我近看一下你的臉，哇！你長得

好可愛！」

「Nai，你嚇到人家了。」

突然把臉靠近他的人，被另一隻手從後面輕輕地拉住領子，怪的是，Nai哥也很聽話，乖乖地回到他對面的位置，手臂親暱地勾著情人Ai的脖子。

此時此刻，Chonlathee真相信Ton哥說的了，這兩個人的確黏得分不開。

「Chon，你要吃什麼？」

「有什麼好吃的，哥想吃什麼？」Chonlathee轉頭問大個兒，順手將菜單遞給對方一起看。

之前在春武里一起出去吃飯的時候，兩人總是會一起點餐。

不過是一個小小的舉動，可是當他抬頭便發現Ai哥正以一雙漂亮的眼睛盯著自己時，Chonlathee頓時有些不知所措，像是心事完全被這雙眼睛看穿了似地。

「終於啊，Ton，終於！」

「Ai你怎麼回事，被Nai傳染怪病毒？」

「不是不是，這句話是Ai先講的，我也聽不懂，不過因為我老公最棒，所以一定是很不得了的事。」

「就是終於。」Ai說完，便低頭看自己手上的菜單。

Chonlathee終於發現，這個人特別隨心所欲，想說什麼就說什麼，不關心的事就完全不屑一顧。

小心翼翼地觀察了會兒，大腿就被打了一下，原來他因

為太在意這位新朋友了，以至於沒聽到大個兒的話。

「Chon要吃什麼，我已經問第三次了！」

「啊⋯⋯那這個好了。」

「又心意相通了，這個要兩份，謝謝。」Ton哥點了和他一樣的餐點，接著轉頭和只會跟好友和男友講比較多話的Ai哥聊天，至於他，則時不時要回答Nai停不下來的問題。

這⋯⋯這⋯⋯這個人⋯⋯話好多喔！

⚓ 第8章

　　晚餐過後，Ton便恢復到原本專任司機的角色，其實Chonlathee已經很想回去休息了，但是Nai哥說了一起去學校的足球場踢球，於是沒辦法，他也只能跟著一起去。

　　話說以前只看過Ton哥打籃球，還沒看過這個人在足球場上追球的英姿。

　　車子開到足球場旁邊停下，足球場內照明燈的光線亮到讓他還沒下車，眼睛就被刺得不要不要的。

　　「Chon……幫我一下，手伸進座椅底下，幫我找一下襪子。」

　　「叫我摸你的襪子，是洗過了沒？」

　　「媽的，洗過了啦，我又不像臭Nai那麼髒。不過他現在改善了，托Ai有潔癖的福。」

　　「你同學滿可愛的，我喜歡聽Ai哥跟Nai說話的時候，尾音都會帶ka……嗯……我要摸多深才會找得到你的襪子啊？」

　　因為要把腰彎得很低才能找到襪子，這姿勢說話實在非常不方便。

　　「你左右找找看，我不記得丟在哪裡。」

　　「你的車簡直就像黑洞一樣……啊，好像找到了。」柔軟的觸感，兩條襪子似乎被捲成了一團。Chonlathee快

速起身，沒注意到Ton哥把上半身也靠過來，恰好就跟他貼在了一起。

Ton露出燦爛笑容，絲毫沒有要後退的意思。

這姿勢近到⋯⋯可以感覺到彼此熱烈的呼吸。

「Ton哥⋯⋯」Chonlathee推開對方寬厚的胸膛，這麼近的距離，大個兒高聳的鼻子都能碰到他的眼鏡，讓視線也變得有些模糊起來。

「我的襪子咧？」

「在這裡喔，你常常會在車上準備鞋子和襪子嗎？」Chonlathee靠坐在椅背上，左邊胸口的心臟還在怦怦地跳，手足無措的反應讓他看起來有點呆呆的，為了掩飾自己的心跳，他只好把眼鏡摘下來用衣服擦拭，以轉移注意力。

「有時候。」

「改天我幫你找個收納小籃子！」

「改天我幫你準備鏡片清潔液！」

兩人異口同聲，這個巧合讓車上的氣氛瞬間變得有一點尷尬。

「我朋友等很久了，下車。」

⋯⋯最後是Ton轉移話題，才打破剛才奇怪的氛圍。

Chonlathee看不懂足球，也不會玩，唯一能讓他坐在球場邊的長凳上還不想離開的原因，就是可以看著Ton哥在足球場上奔跑的畫面。

他就是這麼迷戀那人胸口上的船錨刺青，那張帥臉總是讓他目不轉睛。

為什麼會這麼喜歡這個人呢，好想要，好想好想要啊！

嚇！

突然，脖子被什麼冰涼的東西摀了一下，Chonlathee嚇了一大跳，立刻跳出了幻想的世界。

轉頭看，原來是Ai哥帶了罐裝汽水給他。

「一起坐喔。」

「好啊，Ai哥不去踢球嗎？」

「不了，天氣太熱，打得開嗎？打不開的話我可以幫你。」

Chonlathee揚起眉毛露出聽不懂的表情，注意到Ai哥的視線正在看著飲料罐之後才明白對方的意思。

他搖搖頭，自己開了飲料。

「你喜歡Ton吧？」

「呃……」無法否認。

「我從他貼的照片上觀察過你的眼神，我應該沒有判斷錯誤。」Ai一邊說一邊喝著手中的飲料，上下滑動的喉結相當有魅力。

Chonlathee趕緊提醒自己千萬不能著迷，因為坐在他旁邊這個人的眼神，好像只會為了球場上的某個人而波動，情緒隨著Nai哥的動靜，有時皺眉有時嘴角上揚。

「有這麼明顯？」

「他現在單身，如果真的很喜歡他的話就加油，雖然不難，但也不容易。」

「不過Ton哥還沒有發現我喜歡男生。」Chonlathee苦笑，視線也盯著球場上的大個兒身影不放。

「因為他超笨。」

「只是反應慢了點……Ai哥，我可以問你嗎？剛才在餐廳裡你說『終於』是什麼意思？」Chonlathee慢了幾拍才問起從剛剛開始就始終懸掛於心的疑問。

「先追到Ton，我再告訴你。」

「唉，那看來是沒機會知道了，Ton哥對我根本就沒有意思。」Chonlathee輕聲哀號，看到Ai哥和他說話時開始有了笑容，便開始敢跟Ai哥搭話了。

「為什麼會認為Ton對你沒有意思？」

「很明顯啊，他只是把我當成弟弟，之前Ton哥回大院宅的時候，我雖然一直陪著他，但也是因為當時他失戀我才有機會。」

「你確定Ton真的只把你當成弟弟？」

「我確定。」Chonlathee語氣堅定。

聽到他如此斬釘截鐵，Chonlathee身旁這張帥臉露出了溫柔的笑容，可翹起的嘴角裡又隱藏著邪惡跟狡猾。

「抱歉了，我只是想確定一下，你的『確定』到底有沒有問題。」

話音一落，Ai突然把臉靠近，Chonlathee全身變得異

常僵硬，他從這一雙眼睛裡，發現某種挑釁的意味。

這時只見 Ai 細長的手指慢慢地碰到 Chonlathee 稚嫩的臉頰上，然後小聲地用英文數著……。

「one……two……three……」

「Ai！我也要喝水，好渴！」

這時 Ton 突然跑到兩人面前！

Chonlathee 一驚，不是吧，剛才明明在很遠的地方。

「我沒有買你的，只有買給 Nai 和 Chon。」

「我還是不是你的朋友？」

「是啊。」

就在 Ai 緩緩後退的時候，Chonlathee 似乎能聽見從對方喉嚨裡發出的低沉笑聲。細想剛才兩人相處的時候，他並沒有任何逾矩的動作，一切都是小心翼翼的，可以感覺對方的心中存在著安全界線。

「Ton 哥是不是口渴？可以先喝我的，我還不太渴。」Chonlathee 將飲料罐遞給對方，結果卻被拒絕。

「Ton 哥，你不踢球啦？」

「累了，今天心情不太好。」

「趕緊回去休息吧，Chon 好像也睏了。」

「那你下去代替我陪 Nai 玩，我要先帶 Chon 回去。走了 Chon，回家！」

手中的汽水罐被 Ton 搶走，打在 Ai 的肚子上。

Ai 的表情一樣笑笑的沒變，他靠近 Chonlathee 耳邊，

悄悄地說道──

「對自己有自信一點。」

「咦？」

「Chonlathee快點！」

「是是是！」大手抓著他的手腕，拖著他快步離開。

這一股低氣壓從上車之後就隨之出現，一直持續到他們回到家之後。

Chonlathee注意到Ton只回答他問的問題，而且眉頭皺到都快要撞在一起了。

「Ton哥我想吹頭髮，可以用哪裡的插座？」淡粉色吹風機的電線被拖到客廳，Chonlathee站在沙發前，看著正在玩手機的大個兒。

Ton只是稍微抬頭看一眼，然後便指向前面的矮型方桌上的延長線，意味著……就用這個。

「Ton哥在看什麼？」

「看IG。」

「你用什麼名字，我也要追蹤。」將吹風機插入插座，Chonlathee坐在地上靠著沙發，他還沒開始吹頭髮，反而先拿出手機探頭看Ton哥的手機畫面。

「不行，我的有祕密。」

「那我更想知道了，我要追蹤。」Chonlathee的頭往上抬，沒料到Ton卻直接把手向上，伸到極限的方向。

到最後，因為對方堅持不讓他看，Chonlathee便只好打消念頭。「OK，不追就不追。」

「你剛剛跟Ai聊什麼？」

「隨便聊聊。」Chonlathee坐到大個兒的旁邊，試圖靠近對方一些，但奇怪的是，Ton並沒有挪開距離。

「告訴你我很小氣的。」

「嗯？」Chonlathee指尖對著自己，不明白什麼意思，只覺得自己的臉一定超呆。

好在，在Chonlathee胡思亂想前，Ton終於解釋剛剛那句話是什麼意思。

「我的個性有點討人厭，我不喜歡跟我很熟的人，也去跟別人好，Ai已經搶走我一個朋友了，你千萬不能跟他太熟，而且也不可以說他帥，不過平常聊天的話就沒關係。」Ton解釋的時候，撇頭看著其他方向，接著才拿起方桌上的吹風機，對著Chonlathee的臉開到最大。

「好燙……」

「頭靠過來，我幫你吹。」

「今天怎麼這麼好，還幫我吹頭髮。」

「都說我很小氣了，所以要對你好一點，不然你會跑去跟別人好。」

「我才不會把別人看得比你好呢。」隨著拉扯的力道，Chonlathee倒在對方的腿上，只是沒來得及坐穩，便聽見吹風機的聲音已經開始嗡嗡作響。

「Ton紳士髮廊，服務怎麼樣？」

「很棒。」Chonlathee偷瞄Ton哥認真幫他吹頭髮的模樣。那迷人的下顎線條，看得他心中莫名的蕩漾。他緩緩閉上眼睛，儘管對Ton哥陰晴不定的舉止仍摸不著頭緒，但不得不說……感覺真棒。

「你很陶醉嘛。」

「因為北鼻Ton哥最棒了！」不想管什麼理智與身分，他只想好好享受當下的共同時光，因為這些已經足夠讓他小小的心臟裝滿美好的回憶。

開學前一個星期，Chonlathee必須到學校參與迎新活動，其實也沒什麼事，只要坐在冷氣室裡仔細聽各種規矩，以及認識新朋友就好。

雖然這些活動有點無聊，大部分的時間幾乎都是新生訓練的內容，而他並非是不容易適應新環境的人，加上從中學時代就常常是眾人的目光焦點，所以上了大學之後，也很容易被同學和系上前輩包圍。

不過他和女同學相處時，比跟男生在一起來得自在，至少女同學只會要手機號碼方便聯絡，不會追問：「Chon還是單身嗎？」

「剛才送你來的是誰啊？」

開口的是一位個子嬌小、和他差不多高的女孩子。

女孩叫Jean，頂著一張素顏，披散著長髮，見到他來立

刻就開口問。

而兩人身旁安靜坐著的短髮女孩則是Dada，兩個女孩從高中就認識了，她們是在迎新活動上玩大眼瞪小眼遊戲時和他認識的，一開始是Jean主動跑來找他配對，原因是因為他很可愛。

一眼就看出來是「姊妹」。

好嘛……。

「哥哥。」Chonlathee回答坐在一起的女孩們。

「Chon有哥哥？之前你不是說沒有兄弟姊妹？」

「住在隔壁的鄰居哥哥啦，現在我住在他的宿舍裡，所以早上順路載我上學，已經讀大三了。」

「跟我們同學院嗎？」

「不是，他念航太工程。」

「嗚哇！有錢人的科系，學費第一貴。好羨慕Chon喔，認識這麼酷的科系的人。」

「念管院哪裡不酷了？也有很多有錢人好不好！」

Chonlathee因兩個女孩的話而皺緊眉頭，他家也很有錢啊……只是不想炫耀。

而他念這科系，最大原因是倘若未來媽媽要拓展公司的事業，就能派上用場。

「是沒錯，可是讀航太的人少，畢業後的出路通常都很好，下次你要去工學院找你哥的話，記得找我一起喔，我記得那邊有一個很不錯、超級陽光型的大男孩！」Jean笑了笑，

但是害羞的表情跟說出來的話有些衝突。「話說你哥叫什麼名字，說不定我認識？」

「Ton，他叫Tonhon。」

「是不是跟Nai哥同一掛，臉很凶那個。」

「妳認識Ton哥跟Nai哥？」Chonlathee的視線原本看著外面，聽到Jean的話忍不住回過頭。

「有誰不認識Nai哥，Cute Boy粉專幾乎每天都會貼他的照片，笑容裡自帶陽光，閃亮到全世界都亮了起來。最近因為交到帥哥男友，開始有很多腐女粉絲追蹤他，不過Ai哥看起來冷冷的，所以人氣比較差。」

Jean的手在空中揮動，深吸一口氣之後又繼續說道，「到底你哥是不是Nai哥那一掛裡的Ton哥？我也喜歡這個學長，身材超好，肌肉結實，還穿耳洞、戴眉釘、身上有刺青，好粗曠的壞男人形象！」

「不止，他還穿過脣洞，不過現在沒戴脣釘了，他說前女友不喜歡。」

「所以真的是他！Chon，以後有分組報告的時候，我要跟你同一組，我要去你家做報告！」

「以後再說。」Chonlathee語帶含糊，站起身來準備背包包，不料手臂卻先被抓住。

「為什麼你看起來好像很捨不得？難不成他是你男朋友？」

「喂！不是啦！」Chonlathee立刻否認。

「臉這麼紅，一定是。」

「真的不是，Ton哥喜歡女生好嗎？不聊了，趕快進活動室，動作太慢的話會被罵的。」Chonlathee反過來拉著Jean站起來。至於話少的Dada，看到他拉著Jean進活動室，也自動站起來跟上。

今天的迎新活動不像之前那麼無聊，因為明天是開學日，每個大一新生都會拿到自己的名牌，就連高年級的前輩也趁這個機會進來挑選校園先生、小姐和啦啦隊的人選。

儘管他對這些事情並不會感到特別興奮，不過看到別人都興致高昂，情緒也忍不住會受到影響。

「Chon，為什麼你的名牌上有愛心，誰寫的啊？」

「不知道耶，別人都沒有嗎？」他看著Jean跟Dada，甚至是坐在前面的同學的名牌，才發現其他人的都沒有被畫愛心圖案。

「有粉絲囉！」

「神經喔。」

「拿到之後就掛著，要戴一個月，不准弄丟。」前方傳來前輩的聲音，Chonlathee趕緊正襟危坐，把剛拿到的名牌掛在自己身上。

「今天學長姐要來挑參加校園先生、小姐和人氣王選拔的院代表，很榮幸請到去年的校園先生、小姐一起來挑選，這位是我們的院花Gan Liu，而旁邊這位帥哥學長是

Nueng，同時也是去年的校園先生！」

Chonlathee看著台上的人介紹院花，以及早就一直盯著他看的校園先生。

「Chon，Nueng哥是不是在對你挑眉？我常常在臉書上看到他的照片，本人簡直就是帥翻天‼」

「嗯……」Chonlathee轉頭避開這種帶有挑逗意味的打招呼方式，畢竟Nueng帥歸帥，但他不喜歡看起來多情，而且太過體面的男生。

他喜歡的是，像Ton哥那樣成熟……像Ton哥那樣狂放不羈……像Ton哥那麼親切的男生。

結論就是他喜歡Ton哥。

「Chon看起來一點都不興奮，大概是因為你長得太可愛了，所以常常遇到這種情況吧？」

「是有遇過啦，Jean跟Dada妳們想不想選校園小姐，我幫妳們提名。」Chonlathee試圖轉移話題，避免讓焦點一直集中在自己身上。

「不要！」Jean急忙拒絕，連Dada也搖頭。不過Gan Liu學姐看著Dada好一會兒後，還是喊了Dada到前面，和一排可愛的女同學站在一起。

Chonlathee開始好奇了，不久的將來，會不會有校園小姐當朋友呢？

挑選參加校園先生、小姐選拔的候選人活動進行了將近

半個小時，最後Dada還是被刷下來了。

一回到位置上，Jean立刻虧她說肯定是講話太小聲才會錯失這個機會，但Dada似乎也不在意，反而一派輕鬆地笑，不像剛才被叫出去的時候那麼驚慌失措。

「好啦好啦，大家安靜，準備要選參加人氣王的代表了，我們管院從來都沒贏過這個項目，不過今年的話我有把握！」

看起來好像是負責這一次召集的學姐透過麥克風說話，Chonlathee可以肯定，如果他沒看錯的話，學姐似乎正在看著自己。

「我覺得學姐好像在看Chon耶。」果然，Jean的猜測證實了他的想法。

「希望不是我想的那樣……」

「Chonlathee，我們一致認為不用選了，直接就是你，請你站到前面來一下。」

……登愣！Chonlathee驚得說不出話。

「呃……有人想反對嗎？」因為不知道該如何是好，Chonlathee只好問問四周。

可惜，現場一片鴉雀無聲，所有的視線都在催促他趕快照學姐的指示站起來。

Chonlathee重重地嘆了一口氣，沒辦法只能走到台前。

走出去的時候，他注意到Nueng一直對著他投以微笑，不用說也知道這個人對他有意思，但他一點興趣都沒有。

原本以為上了大學可以過著平凡普通的日子，想不到最
後仍逃不過紛紛擾擾的處境。

⚓ 第 9 章

　　整個挑選參加人氣王選拔的過程完全沒有人反對，這讓 Chonlathee 大感意外，他數次試著用拒絕的語氣詢問在場的人，偏偏沒人給予回應。

　　在被數十雙視線盯著看的狀況下，他焦慮得雙手發抖，什麼也不想多說。

　　希望這個人氣王的身分，不會像他高中連續三年獲得全校最受歡迎人物的下場一樣，搞得生活不得安寧。

　　畢竟那可不是人過的生活，不管走到哪裡都會被人盯著看，連張大嘴巴吃飯也會被偷拍，不只如此，上個廁所還會被男生跟蹤，甚至會有黑粉故意黑他。

　　那種東西，他一點都不想要。

　　Chonlathee 把滑到鼻尖的眼鏡往上推，看著周圍所有視線，想不透為什麼大家會變得這麼安靜，他覺得自己應該要出個聲音打破沉默。

　　「我可以回座位了嗎？」

　　「不可以，我們先去外面聊一下。」Nueng 高挑的身形走到 Chonlathee 面前抓住他的手臂，不讓他如願回到座位上。

　　「聊什麼？」

　　「聊我們兩人的事。」

Chonlathee聽到這回答差點沒吐出來，想不到接下來另一個學長的突然插話，更讓他不小心翻了白眼。

　　「媽的，Nueng，那是我的菜。」

　　「抱歉啦，這個我預訂了，小寶貝我們走吧，出去找地方聊聊。」

　　「不去。」

　　「那恕我冒昧拖著你走囉！」

　　對方憑著蠻力把他拖到活動室外，沒想到後頭有一群粉絲在呼喊尖叫，接著他又被男人從涼爽的活動室帶到出著大太陽的室外，唯一慶幸的是，他們所在的地方是管理學院大樓後方的大樹下。

　　「可以聊快一點嗎？我很熱。」

　　「有沒有男朋友？」

　　「這應該是個人隱私才對。」

　　「我喜歡你，想預定你。」Nueng帥氣的臉上掛著燦爛的笑容，可憐Chonlathee被以壁咚的姿勢貼著大樹，只能拚命縮起脖子來逃離Nueng愈來愈靠近的臉。

　　「還是不要吧，我又不是東西。」

　　「不行，像你這麼可愛的學弟，不預定不行，你的名牌給我，我要在上面寫『Nueng哥已預定』，還有，給我電話號碼！」

　　「Nueng哥，我不喜歡太超過的人。」Chonlathee重重嘆了口氣，試圖阻止Nueng拿走他的名牌。

只不過沒想到對方還是得逞了，且居然在名牌上頭寫下「Nueng哥已預定」。

「喂！沒禮貌，學長怎麼可以用原子筆寫！」

「這樣就沒辦法擦掉了，還有，趕快把你的電話號碼給我。」

「不給，我生氣了，你走開！」

Chonlathee心想不需要再對Nueng這種人保持禮貌了，於是使勁推開對方，走回活動室拿包包後氣呼呼的離開。

氣死了，先找個地方冷靜一下！

離開活動室之後，他沿著木造步道散步，視線所及的都是與步道平行的深綠色水道，不僅如此，周圍也都是綠油油的樹木，涼風帶走身上的熱氣，在如此愜意的氣氛下，果然讓他的心情冷靜了不少。

然而就在Chonlathee悠閒享受大自然的時候，口袋裡的手機震了震。

拿起一看，是陌生號碼⋯⋯。

「你好，我是Chonlathee。」

「是我，Nueng。」

「學長怎麼會有我的電話號碼？」發現對方是何方神聖後，Chonlathee的語氣也變得不客氣起來，這未免太過侵犯私人領域了！

「我不只知道電話號碼，連你住哪裡我都知道，不要生

氣了嘛，好歹我是認真想跟你談場戀愛。」

「你怎麼知道的？」

「那不重要，明天開學第一天，我會去你宿舍樓下接你上學，早上八點見，不准失約！」

「等一下！……居然掛斷了。」Chonlathee確定那個臭男人已經掛斷電話，滿腔都是對那變態的怒氣。

真的太過分了，超過應有的底線了！

就在他差一點要對路過的小狗小鳥發火之前，手機再一次震動起來。

這一次他想都不想，接起手機就破口大罵……。

「不用來接我！不要再來騷擾我！」

「Chon……吃錯藥啊？」

聽到熟悉的嗓音，Chonlathee才瞬間感覺到不對勁，拿開手機看一下螢幕上顯示的名字，發現是Ton哥後，原本氣急敗壞的臉色瞬間轉為慘白。

「噢，是 Ton 哥啊……有什麼事情嗎？我以為是騷擾電話。」

「是我，你剛才那一吼真驚人，現在在哪裡？我在管理學院等你很久了。」

「我正要走去餐廳，剛才迎新結束有一點餓，打算去買一點吃的。」

「嗯，那我去餐廳找你，抱歉沒先跟你講，我也餓了，原本想來接你一起出去吃點東西。」

「不然我們就在學生餐廳吃如何？」

「那你在那裡等我，我馬上過去。」

「好啊，Ton哥不用急，我還沒走到餐廳。」

「沒關係，如果我先到的話就等你。」Ton一說完就馬上切斷電話。

Chonlathee把名牌拿下來，和手機一起收進包包裡，加快腳步前往就在不遠處的學生餐廳。

「Ton哥大一的時候，有沒有參加過校園先生、小姐的選拔？」

兩人一起吃飯的時候Chonlathee問起，他太想知道這張帥臉有沒有得過什麼獎。

「我是運動員，光是上課跟練球就沒時間做其他事了，你這樣問，難道是想參加校園先生的選拔？」

Ton放下手中的湯匙，左右仔細地審視Chonlathee的臉蛋……。

「怎麼樣，我不夠格當校園先生嗎？感覺你好像在偷罵我很醜。」

「我什麼都還沒說，只是我們學校的校園先生的標準，Nai說要有一張慈悲向佛的臉才有勝算，像我一個同學In那樣，他之所以會當上校園先生，據說是在最後三人總決賽回答問題的環節時，說他平常有空喜歡到廟裡行善，然後在臺上表演念佛經。」

「你同學每一個都好奇怪。」

「大概吧，所以你參加哪一項？」

「人氣王，管院學姐的主意，可是我還不知道要做什麼事。」

「什麼都不用做，只要等上台的那一天站著收玫瑰花就好，在那之前要先去站著給他們拍照，然後就在家翹二郎腿等人按讚，因為讚數也列入計分。」

「這樣也好，因為聽說校園先生、小姐還要準備才藝表演，超麻煩的。」

「大部分的新生比較想參加人氣王的選拔，我也不知道為什麼，平常沒在關心這些，不過我會幫你按讚跟買玫瑰，一朵。」

「小氣鬼。」

「幹嘛，有什麼問題！還是你想落跑？」

看Chonlathee起身，大個兒有些警戒。

「我沒有問題啦，只是想去買飲料，Ton哥想喝什麼，我順便幫你買。」Chonlathee露出燦爛的笑容，看著故意擺出兇狠姿態的大個兒，討好地問。

這時Ton放下餐具，突然露出兩排白牙燦笑。

「猜猜看我想喝什麼。」

「雙倍黑可可冰沙，每次你都只點這個。」

「好棒棒。」

「『好棒棒』是用來稱讚狗狗的吧，對了……Ton哥，

投票用的玫瑰花一朵要多少錢？」

「二十⋯⋯二十五⋯⋯左右？超貴的，我買一朵送你，已經算是高投資成本了！」

「不然這樣，今天飲料錢我付，你不用給我錢，到時候買玫瑰給我就好了。」

「意思是你想送自己玫瑰花，但不打算親自買花，對不對？」

「要這麼說也行，因為如果收到的花太少的話會有點丟臉。」

這時Chonlathee從包包裡拿出面紙擦手，突然一個東西隨著他的動作一起掉了出來。

眼尾餘光瞄著，是張巴掌大小的厚紙板。

「是什麼？」Ton最先注意到，撿起來看一眼，立馬拒絕Chonlathee也想看的請求，直接當著他的面揉掉。

「Ton哥，那是什麼，怎麼會在我包包裡，而且你為什麼要揉掉？」

「垃圾，而且不是普通的垃圾，是有毒垃圾。還不快去買，我口渴了！」

「⋯⋯有毒垃圾？」

「拖拖拉拉，還不快去！」

「好，馬上去。」被兇了一頓，Chonlathee趕緊往飲料店的方向跑。

直到後來他才知道，被Ton哥揉掉的那張「有毒垃圾」

上面寫的是──

『Chon，很高興認識你，我是大三的學長Mok，我喜歡你，因為你真的好可愛，以後碰到我，歡迎跟我打招呼！』

終於來到開學的第一天！

Chonlathee怕睡過頭特地設定了鬧鐘，只是鬧鐘才剛響就被他按掉。

睡眼惺忪在床上滾了好一會兒，沒想到一睜開眼就看到Ton哥只圍著一條浴巾準備要穿上內褲。

阿彌陀佛，Chonlathee，阿彌陀佛……。

Ton哥、銅體、Sexy、Naughty、Bitchy……快受不了啦！

「睡醒就趕快起來！」

「我想賴床一下嘛，還有為什麼Ton哥今天會這麼早起呀？」

Chonlathee故意裝著滿臉睏意的表情問道，但其實早就清醒了，眼睛貪婪地欣賞著充滿線條感的背部肌肉，以及臀部曲線。

快暈了……浴巾再圍低一點的話，應該會直接上天堂。

「我三點就醒啦，睡不著只好起來打電動，看到你的課表只有早上有課，那把車開去用，這樣下午可以回來睡午覺。不過我先說好，我五點下課，記得去接我，房卡已經幫你放在包包裡了。」

「這星期六我要回家一趟，會把我的車開過來，這樣就不用占用你的車。」

「我是沒差，但如果用我的車會讓你不舒服，那就隨便你……不過我說，你到底還要躺多久？」

「你換好衣服了沒有？好了就換我進去洗澡更衣。」Chonlathee在床上伸個懶腰，遺憾大個兒穿好衣服後已經沒東西看了，於是趕緊翻身坐起來。「我只看過你穿大學制服的照片，今天看到實體，感覺比照片裡好看很多。」

「當然，因為我本人就是帥，自吹自擂夠MAN吧……對了Chon，有人欺負你嗎？」

「沒有啊。」Chonlathee露出疑惑的表情，歪著頭像是想知道他為什麼會這樣問。

「如果有人欺負你的話，一定要記得跟我說，我會幫你處理，當我弟弟了就不用怕被人欺負，就是要讓你知道，你的Ton哥就是強！」

「我又不是小孩，沒人會欺負我的啦。」

笑容裡還帶著眼屎，眼前的男人就是這樣可愛。想起小時候被人欺負時，也是他第一個跳出來幫自己出氣，轉眼都已經上大學了，還是會想幫他修理欺負他的人。

「有的話就告訴我。」

「好啊，如果有的話，第一個就告訴你。」

……就是因為這個人對他這麼好，他才無法不繼續愛他！

欺負他的人沒有，但是來煩他的人倒是有一個。

此刻某人就倚靠著轎車、站在宿舍前對著他笑，但是被他無視之後，臉色頓時變得很尷尬。

想到昨天 Ton 說的話，校園先生的標準就是要長得慈悲向佛，眼前這位的穿著打扮還真的十足十有校園先生的模樣，從頭到腳都符合學校的規定。和 Ton 完全不同。

那個人啊，不打領帶、衣襬不塞進褲子裡，卻怎麼看怎麼帥。

一想到他的心上人，Chonlathee 立刻伸長脖子四處看，想確定一下他到底把車停在哪裡，怎麼要等這麼久。

「親愛的 Chonlathee 寶貝穿大學制服好可愛，可是為什麼不掛名牌，上面有我寫的預定字樣喔！」

「到學校再掛，現在是私人時間。」

「通常大一新生要掛一整天，聽懂了沒？你的房號是幾號？說不定今晚我會進去檢查你有沒有掛上名牌，如果沒掛，我會親手幫你掛上。」

「如果學長以為講這種曖昧的話就會讓我喜歡上你的話，勸你還是放棄吧，我只覺得自己被言語騷擾，感覺有點噁心。」

Chonlathee 用眼尾掃視對方，盡量用冷淡的口氣，試圖趕走像 Nueng 這樣的噁心人種。

他想告訴 Nueng 這種不懂尊重人的傢伙，好好跟 Ton 哥學學，雖然他外表看起來壞壞惹人愛，但從不用曖昧的言語

騷擾別人。

Ton哥最棒！

「可以好好說話吧，Chon！」

纖細的手臂被大手抓住，Chonlathee完全沒有心理準備就突然被人壓在車門上。

「Nueng哥，放開我！」

「激烈一點好像也滿興奮的，寶貝你說是不是？」

喀喀！

扳手指的聲音從Nueng的背後傳來，Chonlathee早就看到Ton哥走過來了，但Nueng可不知道，所以當衣領突然被拉住時，他臉上的表情可精彩了。

「Chon跟我住一起，505號房，你喜歡激烈一點是不是，我幫你！」

「Tonhon學長!?」

Chonlathee看這狀況，猜測這兩人肯定認識，因為當Nueng一回頭看見大個兒，立刻慘白著一張臉，趕緊雙手合十往對方方向拜。

「對，就是我，我還在懷疑是誰敢在Chon的名牌上寫『Nueng哥已預定』，原來就是你！」Nueng被扯著衣領甩到一旁，「Chon是我弟，敢欺負他的話，我不會放過你！」

「Chon學弟是Ton哥的弟弟？長得一點都不像。」

「不用雞婆，只要記住他是我弟就好，你沒事跑來這裡搞亂幹什麼！」

「呃⋯⋯我⋯⋯」

「想不到藉口就不要亂掰，老子懶得聽！」

「我剛好路過附近，想順便來接Chon去學校上課，我跟他同學院，我沒有欺負他，真的沒有！」

「Chon跟你同學院？那平時就幫我照顧一下Chon。」

「好的⋯⋯我會好好照顧他的。」Nueng頻頻點頭答應，一看大個兒要靠近，立刻嚇得往後退。

「Chon，走吧，我餓了。」

「好。」

只是Chonlathee還沒跟上去，就聽到Nueng低聲支吾著問⋯⋯。

「為什麼不早說你是Ton哥的弟弟？」

「如果知道你會因為我是Ton哥的弟弟就不再騷擾我的話，我昨天就講了。」

⋯⋯而這就是答案。

⚓ 第 10 章

「我是不是有說過要好好保管名牌，如果連這種小東西都管不好，以後還可以承擔什麼大事？」

Chonlathee低頭站著聽學姐責罵，從他來換名牌到現在，已經在這裡罰站將近十分鐘了。

「呃……那個……」

「大一的Chon學弟，不要想著頂嘴。」

他不是想頂嘴，只是想告訴學姐有人還在車上等他回去，而且還沒吃早餐，不過這位學姐罵人的功力堪比饒舌技能，完全沒有空隙可以讓他插話。

「那個……我……」

「Chon，不用擺出那種可愛的表情，就算我心軟也不會幫你換。」

「不是的，我只是想說，我哥還在車上等。」

終於有機會解釋，但看來他等解釋等得太久，有人在車上等得不耐煩，已經氣勢洶洶地走過來了。

「我可以吃早餐了沒！換個名牌為什麼搞這麼久！」

哎啊啊啊！……是Ton!!

怎麼會在這裡，是不是來找誰？

「Ton哥怎麼下車了？」Chonlathee故意說得很大聲，讓人知道這位學長就是要來找他的。

「因為等太久我才下車來看一下，到底弄好了沒？」

「不能換名牌。」Chonlathee低聲裝可憐，外加用眼神向他求救，他真的超不想掛上寫著「Nueng哥已預定」的名牌，而且臭Nueng寫的字還不小。

「噢，為什麼？」Ton不是問他，而是轉頭問正害羞得不知所措的學姐。

「其實是管理學院的規定，但如果是Ton哥的話，我馬上幫你換。」

「哼！」

雙標女！超想露貓爪把剛才一直罵他的學姐的臉抓爛，對Ton哥居然好意思用娃娃音講話。

「既然是管院的規定，那就算了。」

「那我不就要掛上『Nueng哥已預定』的名牌整整一個月？」

「不然我幫你改成『Ton老爺的弟弟』？」

「……總比『Nueng哥已預定』好。」他點頭接受，把名牌拿下來交給Ton哥。

「下次別這麼輕易地就把名牌交給別人啦！」Ton左看右看，想找筆來寫，不料都還來不及拿起桌上的奇異筆，學姐便立刻搶走那一枝筆，然後遞出新的空白名牌。

「Ton哥，是這樣的，剛才我只是教育一下學弟而已，這下不就拿新的名牌給學弟了嗎？」

「結論是可以換？」

「可以，在這裡……Chon的新名牌。」

終於拿到新名牌了，Ton一臉不悅地收下。

「一堆花招。」……酷哥的碎念。

新名牌上只有名字，沒有愛心，沒有人亂寫一些有的沒的，掛在身上之後，便宣告完成……一堆花招的過程。

「餓了沒，平常你一起床不就馬上要吃早餐？」

「有點餓，我想吃學校旁邊的粥。」

「那要開車繞出去，你早上是幾點的課？」

「還有一個小時，你呢？如果怕來不及的話，我們改天再去。」

「現在去，就照你的意思。」

大手揉亂Chonlathee的腦袋，他瞇起眼享受，聽見Ton哥喉嚨裡發出輕輕的笑聲，他也滿足的笑了。

……老樣子，這樣的習慣始終沒變。

Chonlathee大學生涯的第一天沒什麼大事，只是找教室有一點麻煩而已。他發現學長姐安排在開學前一個星期，要求他們先來新生訓練其實也有好處，至少大概知道教學大樓的位置，開學之後可以省去很多找教室的時間。

至於之前喜歡纏著他的學長或男同學，現在看到他頂多對他微笑而已，之所以會如此，或許是因為Nueng哥每一次在路上碰到，都會指著他告訴別人說……

「Chon是Ton哥的弟弟，Ton哥超疼他，千萬別惹他。」

每次皆如此……。

不過當Ton哥的弟弟有好也有壞。好處是到哪裡都有人給Ton哥面子，不會刁難或煩他，但壞處就是會有仇家找上門。

像是午休的時候，在學生餐廳發生的事。

事情是這樣開始的，Chonlathee原本揹著帆布包站著找空位置等同學，突然就有人從後面猛力扯住他的衣服，他回過頭一看，發現是一位個子相當高的學長，長得也超級不友善。

「聽說你是混蛋Ton的弟弟！我跟他有仇！如果你是他弟，那你跟我也有仇！」

「是……是喔。」Chonlathee眼神充滿恐懼，他眨了眨眼，評估現況不太妙，於是悄悄地往後退了幾步。

「喂！……咳咳……你叫Chonlathee？」

「是，你也想揍我？」

「哎！誰敢那樣做，並沒有好不好？你在找位置？我跟Tonhon非～～常熟，過來坐我那一桌，欸！起來，挪出個位置給Chon學弟坐！」

這是在演哪一齣……有點恐怖。

「沒關係，我跟同學坐就好。」

「不用怕，我叫Max……每當我見到你，必定臉紅又心跳，原來你就是我等待已久的人……剛才見到Chon時，我的小心臟立刻噗通噗通跳個不停，別當Ton的弟弟啦，來

當我弟比較好，我保證會好好照顧你，等我們熟一點，再順勢交往如何？」

「不用了。」……Chonlathee表面冷靜，心裡面卻不斷盤算著要怎麼做才可以擺脫這種情境。

「你念什麼學院？」

「管理學院。」Chonlathee一邊回答一邊找救星，希望可以找到認識的人來解救他，畢竟這裡是全校共用的學生餐廳，會有其他不同科系的學生聚集到這裡吃飯，其中也包含需要省吃儉用的航太工程系學生。

但是並不包含Ton。

「明天我們一起去吃飯如何？我有好多口袋名單，想帶你一起去品嘗。」

「我不去。Nai哥！Nai哥！」突然間，Chonlathee發現Nai哥笑笑地走進餐廳，他立刻放聲喊，祈禱那一雙小眼睛可以發現他的呼喚。

拜託……。

「誰叫我？」

「我，是我，Nai哥！」

「噢！Chon，你怎麼會跟那些流氓坐在一起？」看到Chonlathee的手腕正被Max扣住，Nai趕緊走了過來。

「Nai，你說話小心一點，Chon千萬不能相信他，學長我是好人！」

「我沒叫你畜牲就不錯了。」Nai毫不留情打臉對方，

害Chonlathee嚇得倒抽一口氣，深怕有人的鞋子會直接踢到Nai的嘴巴上……畢竟現場可是六打一啊，虧他還笑得出來。

「今天你老公沒有隨身監控嗎？」

「It's none of your business.（不干你的事）」……這句比較嗆。

「你他媽的活膩了。」

「有種就來啊，難道你不知道我爸是誰嗎？知不知道沙先生？沒錯，他就是我爸，Google一下就知道他是何方神聖了，咦！還是你家到現在都沒有網路訊號，才會不知道我爸是誰？」

「……」Chonlathee非常確定Max的臉色慘白，一副對方再說下去就要開打的架勢。

「吶……還不快放開Chon，想試試看是不是，只要我打一通電話，事情馬上就會傳到我爸的耳裡！」

「媽的，原來你是個爸寶，打不過別人就只會搬出爸爸來嗆。」

Max也氣得咬牙切齒，留意到對方的動作出現空隙，立刻甩開Nai的手。

「那你敢說自己完全不怕？」

「給我記住！」

「哎呦，我才不接受有毒垃圾咧，Chon，走！我們去吃飯！」Nai推著Chonlathee的背，趕緊離開是非之地。

走出來之後，Chonlathee回頭問Nai……。

「Nai哥的爸爸是什麼大人物嗎？」

Chonlathee想說不定Nai家跟他家狀況很像，無論走到哪裡都會有人因畏懼而給他們面子，所以他才會養成保持禮貌、維持低調的習慣，只因為不希望成為眾人的目光焦點。

「並不是，我爸只是個賣雞飯的，隨便嚇唬他們而已，等到他們發現的時候，我們早就吃飽了，結論就是這次是我的聰明腦袋贏了！我還常常想怎麼會跟Ton當朋友呢？」

「為什麼這麼說？你跟Ton哥看起來交情很要好耶，像剛才的有毒垃圾，Ton哥也講過。」

「因為他很蠢，抄襲仔，我都懶得跟他聊天。」

「不會蠢呀，對我來說Ton哥優點很多，他之所以會不懂日常的東西，可能是因為不想關心吧？」Chonlathee忍不住就想替Ton哥解釋，停頓了一會兒後，又繼續說道。「可是你騙Max哥，這樣難道不會出事？」

「不會，本來就彼此看不順眼了，就算以後更不順眼也沒差，那個混蛋大二的時候打籃球輸給Ton居然氣到現在。話說Chon有沒有看過Ton打籃球的樣子？哇嗚！超凶的，他蠻力夠，食量又大，所以才會長得跟牛一樣大隻，但我懷疑他從五歲之後就不長腦了。」

「小時候有看過Ton哥比賽，長大之後只看過他一個人打球。」Chonlathee尷尬地抓抓臉，想起那一天在社區籃球場打球的畫面，那雙長腿、全身肌肉、認真的神情，都讓

他想借用一下Nai的評語……。

哇噻！超凶的！

「等學校運動會時再看，他應該會參加總冠軍賽。」

「好啊，我會等著看。不過話說回來，Ai哥呢，今天怎麼沒有一起來，發生什麼事了嗎？」

「沒事，Ai跟In帶Ton去找地方冷靜。」Nai停頓了一下，雙腿交疊繼續說，「因為 Amp……他的前女友突然跑來賞了他兩巴掌，Ton氣炸了，所以情緒有一點失控。」

「Amp姊來找他？」

「嗯，我會一個人出來，就是因為要把Amp丟上車，夫妻問題煩死人。」

「她來幹什麼，想復合？那他們有復合的跡象嗎？」Chonlathee連珠炮般地問，疊放的雙手似乎在流汗，變得有點黏膩。

「哇！Chon吃醋啦！」

「呃……哪有。」

「不用害羞，我告訴你，這次應該會真的斷，因為有人出軌。」

「我看過Amp姊跟新男友的合照，那時以為是跟Ton哥分手之後才在一起的，沒想到是被劈腿，難怪Ton哥剛回大院宅住的時候，整天心情都不好。」

「不是，不是新男友，剛才我問過她，說只是新朋友而已，Amp她也承認一開始跟別人在一起的時候很開心，對

方比 Ton 會哄人……但沒多久就看清楚本性了，那傢伙不只哄她，對別人也一樣，結論就是花心男一枚。啊……結果我還是全講給你聽了，Ton 常常罵我，只要被 Nai 知道，全世界都會知道。」

「我絕對不會說給別人聽，我發誓，拜託你繼續講好不好？」

「好啊，你已經發誓了喔。」Nai 把腿腳放下，靠得離 Chonlathee 更近一些，「是這樣的，於是她帶著充滿眷戀和思念的心情打算吃回頭草，就像是現在才發現，其實白開水比汽水更健康，畢竟就算 Ton 很笨，但他的人生只有過 Amp 而已，不過沒想到，Ton 卻沒有興趣吃回頭草，Amp 跟 Ton 一樣沒什麼耐心，所以就變成硬碰硬，噢哇！比可可流進麥田變成可可麥片還精彩。Amp 吼罵 Ton 的聲音整棟樓都聽得到，還啪啪打了兩巴掌，她以為在演小美人魚嗎？」Nai 敘述得天花亂墜，不知道是不是平常 Ai 都不陪他講八卦的關係，壓抑太久，一下就爆發了。

「那麼 Ton 哥怎麼說？被打有沒有流血？」

「根據我偷聽到的消息，Ton 這次想斷乾淨，他臉上雖然沒有流血，但五指印超級明顯。」

「好可憐喔。」

「對啊，想不想去安慰他？我幫你問 Ai 現在在哪裡，你過去後別忘了跟 Ai 說我在這裡等他。」

Chonlathee 點頭表示好，看著 Nai 拿出手機劈哩啪啦講

了一些話之後，沒說拜拜就直接掛斷電話。

在飛，忘了帶，趕快來，後面？前門，OKOK，明白。

兩人是用暗號交談嗎？他很認真在聽，結果還是聽不懂他們在講什麼。

只能拜託Nai提供泰譯版，為剛才的對話解密……。

「意思是Ton在工學院後面，但是你要從前門進去，因為有整修，其他入口暫時關閉中。」

Chonlathee快步走到工學院，下午的氣溫相當炎熱，就連吹撫到臉上的風也是熱的，不過小小一段路，就搞得他滿身大汗。

愈是走近工學院的後方，尼古丁味便愈重，一想到那人一定就在附近，Chonlathee的腳步也隨之變得更急了。

不出所料，繞過一面牆後，便看到大個兒坐在階梯上，一手夾著香菸，一旁有Ai坐著陪他。

Ton哥翹著二郎腿，無聊地看著天空和小鳥，另一邊坐著的是位長相端正的男生，整理過的頭髮整齊服貼，襯衫每一顆鈕子都扣得好好的，坐姿也非常有禮貌，他想這位應該就是Ton哥提過的佛系校園先生Intha學長吧，因為In的打扮如果顏值不夠的話可能就……。

算了，不想繼續想，總之In的形象像極了會說「按讚，分享，留言99，阿彌陀佛」[註]的那種人。

譯註：長輩圖梗。

當Ton看到Chonlathee時，立刻熄掉手中的香菸，接著Ai和In也分別前後站起來，緩步走下階梯。

「剛好在等你，Ton就交給你了。」

「好。」

大手在Chonlathee肩上拍了兩下，兩個高大的男孩便起身離開。那一瞬間他有一種好像誤闖巨人部落的錯覺，怎麼自家哥哥的同學每個人都長得這麼高啊！

這是不是人家常說的物以類聚，他開始懷疑這句話還包含身高。

「你不用上課？怎麼跑來了？」

「不用啊。」

「也是，早上才剛看過你的課表……」像是剛想起來似地，Ton碎唸幾句，然後又是一陣沉默。

「我已經聽Nai哥說了，你還好嗎？」空氣裡仍瀰漫著尼古丁的味道，就算學校裡不像大院宅那樣安靜和隱私，但是對他來說，Ton哥依然是那個Ton哥。

「果然讓Nai知道，全世界都會知道。」

「能不能讓我看一下剛才被打的臉？」Chonlathee坐在矮對方兩階的階梯上，看到Ton哥臉頰上的瘀青，反而不敢用手觸摸他。

「會不會痛？」

「現在麻麻的。」

「麻麻的是臉，還是心？」

「都是，別提了，事情都過去了，其實是我對她說了重話，被打也是應該。」

「你給過我那麼多幫助，現在有沒有什麼事情是我可以幫你的？」Chonlathee搖晃Ton哥的膝蓋，看著它被拉近，一會兒又被推遠。

「在這裡陪我就夠了。」

「我記得你下午有課。」

「開學第一天，哪有人在上課。」

「那太好了，我們去吃烤肉，我請客。」Chonlathee站起來，伸手讓眼前的人抓住。「跟她在一起吃不到肉，不如跟我這個海洋在一起吧，你想做什麼、吃什麼，我都聽你的。」

「我跟Ai和In待在一起那麼久心情也沒變好，結果你一開口找我去吃烤肉……我瞬間就忘記自己剛才在氣什麼了，你簡直就是我的舒心丸。」Ton用厚大的手掌握住Chonlathee的手，兩隻手顯然大小各有不同，不過彼此的溫度卻幾乎沒有差別。

「你和我在一起的時候覺得舒心，而我和你在一起的時候也覺得很有安全感。」

「北鼻Chon。」

「嗯？」Chonlathee皺眉，對於Ton哥剛才對自己的稱呼感到意外且害羞。

超級害羞的……。

「換我也這樣叫你，聽起來很可愛，很適合你⋯⋯你知不知道，有很多人喜歡你，我看人氣王的選拔，就算我沒有送你花，你也是贏定了。」

「可是我想要Ton哥的花，送我啦，當作是今天吃烤肉的錢吧！」

「如果想要我送你玫瑰，買多少給你都行，但今天這一餐我付，好歹你從你們管院跑到這裡來安慰我，今天就讓我請客作為謝禮。」

大個兒緊緊握住Chonlathee的手，借力使力讓自己站起來。

Ton走了兩步，回頭與Chonlathee平視⋯⋯。

「如果你是女生，我早就追你了，Chon。」

「我不是女生。」

⋯⋯只是喜歡，難道就不能追嗎？

「你不用那麼驚訝，我知道你是男生，我也是男生，把我剛才說的話忘了，當作我被賞巴掌腦震盪亂講話。」

「你不要再開這種玩笑囉，聽了感覺不太好。」

「知道了，小短腿趕快跟上。」

「是，遵命。」

Ton轉身背對他往前走，Chonlathee看著背影寬厚的男人，心裡有道聲音對自己說⋯⋯。

該撤了，得以舒心丸的身分待在這個人身邊才行。

⚓ 第 11 章

　　Chonlathee站在狹窄又髒亂的隧道裡，眼前閃爍的燈光，讓他身體裡的血液快速竄流，他待在這個黑暗的隧道裡很久了，而且雙手還拿著武器。

　　過了好一會兒，他依舊站在原地不動，胸口不住喘著息，同時等待某種東西的出現。

　　周圍持續安靜，於是他向前快步走，很快地來到出口，眼前是一片寬廣的地方，以及一群突然暴衝過來的殭屍。

　　「超多的。」

　　「哥，你顧後面，前面交給我！」他看不見Ton哥的身影，但口中仍在持續下令，把全部的注意力都聚焦在轟隆隆的槍戰裡。

　　吃完烤肉的兩人由於不想直接回家，又剛好路過VR虛擬實境樂園，覺得好像很好玩，因此便一頭栽入了虛擬的世界。

　　沒想到這一段插曲，讓他和Ton哥一起待在這個異度空間裡將近兩個小時。

　　「先掛掉的人晚餐請客。」

　　「沒問題，我一定比哥晚死，剛才一直聽到它在罵你noob（嫩）……瞄準頭部啦、頭部！」

　　「看不出來你也滿喜歡玩遊戲的嘛！」

「先不要跟我聊天，會害我分心！」Chonlathee沒好氣地閃過一隻殭屍，決定暫時不再理會旁邊那傢伙。

直到螢幕上出現「YOU DIED（你死了）」之後，他才從遊戲裡回神。

「我終於瞭解為什麼會有人沉迷於電玩，根本就像是掉進另一個世界裡。」他拿下 VR 眼鏡之後和大個兒閒聊，其實還想再玩一個小時，可是先死掉的 Ton 哥卻說已經夠了。

「你有沒有看到剛剛我打死的那隻，頭都飛掉了！」

「你喔，專注於某一件事情上的時候，看起來還滿好笑的。」

「因為很好玩呀！」Chonlathee不在意Ton哥的調侃，一路尾隨著他走出店門，然後加快腳步追了上去。

「想回家？還是想再去哪裡玩？」

「回家吧，等一下傍晚要塞車了。」

「Chon，你有沒有想過談戀愛？」

走到一半，Ton哥突然開口，害得原本低頭在找東西的Chonlathee差一點跌個狗吃屎。

談戀愛嗎？不知道耶，他除了喜歡Ton哥之外，就沒想過其他事。

「沒想過。」

「沒有喜歡的對象？你長得這麼好看，可以試著談一次戀愛，這樣就不會老是有一堆男生來煩你，還是你要不要考慮練一下肌肉？」

「這兩種我都不要，我不想談戀愛，至於練肌肉嘛，我跑一圈操場就已經上氣不接下氣了。」

Chonlathee搖頭否決，這時剛好走到某個保養品專櫃，這家店的特色就是會散發很香的味道吸引消費者入內消費，Chonlathee便趁這個機會拉著Ton哥的袖子，示意對方停下腳步。

「Ton哥，我忘記帶乳液，進去買一下喔。」

「我才剛說你很像女生，現在居然還想要買乳液！」

「平常是沒有在用，可是快冬天了嘛，常常吹冷風會讓皮膚變得很乾，你先在外面等也可以，我不會買太久。」Chonlathee瞇著眼笑，秀出因吹冷風加上洗熱水澡而缺水的手臂肌膚給大個兒看。

儘管不至於像蛇脫皮那樣，但從手臂上的白色屑屑來研判，就不難發現他的皮膚實在太乾了。

「帶我進去看，我也想瞭解一下，這種賣化妝品跟保養品的店到底有什麼魅力，讓女生每次進來都會待很久，明明我看到的顏色和味道全部都一樣。」

「不一樣喔。」Chonlathee在前頭帶路，拿起兩瓶乳液的試用品給Ton哥聞，「像這兩瓶就不一樣，你聞聞看就知道，這一瓶味道比較清新，而另一瓶的味道比較香甜。我會用這個牌子是因為我媽，她最喜歡的是味道香甜的這一瓶。」

「那你用哪一個？」

「這個。」Chonlathee拿起兩瓶護膚乳正打算去結帳，卻發現Ton哥拿著試用品不肯走，於是又折回去。「聞聞看啊，你覺得這個味道給你什麼感覺？」

「嗯……挑逗。」

揍你喔！

「講性感就好！」Chonlathee用手遮住嘴巴，阻止自己差一點想對眼前這個直男噴口水的舉動。

他用的乳液香味明明就是神祕、誘惑，居然被講成挑逗！

「是滿香的。」

「那我先去結帳，你沒有要買東西吧？」Chonlathee輕咳兩聲緩解尷尬，便走到櫃檯準備結帳。

回到宿舍的時間比預期的還要晚，因為回程遇到塞車潮，晚餐兩人便決定簡單吃宿舍樓下的熱炒店就好，這一頓當然是Ton請客，誰讓他打遊戲輸了。

仔細想想，今天三餐都是大個兒請客，從早餐的粥、中午的烤肉，到晚餐的打拋炒豬肝配荷包蛋。

「等一下七點我要去練籃球。」Ton脫下白色的制服襯衫丟進洗衣籃裡，轉身遞一杯水給Chonlathee，Chonlathee因此更能清楚看見他胸口的船錨刺青。

「在學校裡？我可不可以一起去？不然在家都不知道要做什麼。」

「只是坐在那邊看我打球？」

「是啊，不可以嗎？」

「可以，但是會不會害你太無聊，可能會練到九點十點……不然這樣，如果你覺得無聊的話，就先把車開回家，練完之後我再叫人開車載我回來。」

「等到十點而已，小意思啦，反正我會帶書去看。」

「那隨便你，我先換衣服，等一下一起出門。」

Ton走進臥室，不久後便換上籃球衣褲出來，手上還拿著雙襪子。

相較於Ton一身運動裝備，Chonlathee只是拿下領帶和皮帶，把中規中矩的皮鞋換成拖鞋，拿了一本休閒讀物，就已經準備好要去看大個兒一展身手了。

對Chonlathee來說，他覺得中學和大學的校園差異非常大，以這種時間來說，如果是他以前念過的中學早就已經上鎖，校內一片死寂，但是在大學校園裡卻依舊很熱鬧，還有很多人出來散步、騎單車或慢跑，甚至有情侶你儂我儂地在談天說地。

「他是我弟弟，叫Chon。」兩人一起走進籃球場後，Ton立刻向隊員們介紹Chonlathee。突然成為眾人的焦點，讓Chonlathee有些驚慌，下意識便躲在大個兒的後面。

「看你貼照片的時候就已經覺得可愛，想不到本人更可愛，難怪聽說今年的人氣王還沒選，冠軍就已經出爐了。」

「誰獲選？又是醫學院的人？每一年都是他們拿走，今年不選了嗎？」

「當然是你弟啊！唉，真是輸給你那顆愚蠢的腦袋。」Ton的隊友們笑著罵人。

Ton立刻回頭審視著大家口中的人氣王，雙手不停地揉捏Chonlathee那張讓人愛不釋手的小臉。

「你們說的是這個Chon？」

「Ton哥，痛啦！」Chonlathee出聲抗議，把那雙健壯的手腕揮開，抬頭露出不服的表情。

但是下一刻，他又避開了對方的眼神，因為他注意到Ton哥看自己的眼神變了，好像要一眼望進他的靈魂裡。不過就只有那一秒，接著穿有眉釘的濃眉便挑眉露出挑釁的表情。

「一點都不帥。」

「還是你要否認，其實你弟並不可愛？」Ton的隊友走過來把手臂搭在他寬厚的肩膀上，然後拖著Ton往籃球場走去。「去練球吧，Chon弟弟，我們改天再聊。」

「好。」Chonlathee用雙手摸著剛才被Ton哥揉捏的臉頰，看著大個兒轉身慢跑離開，和隊友一起上球場。

Chonlathee的視線望向球場，看見Ton哥像平常一樣脫掉上衣，表情生動的開始運球。

事實上，他很喜歡偷看Ton哥打球的模樣，於是便走到觀眾看台上，找個可以看清楚的位置坐下。

長腿跨步走在場上時，乍看很像是在保留體力，不過不到十步就能跑超過半場，比起別人氣喘吁吁的模樣，大個兒顯然很有天生的優勢，站在那裡時魅力十足，原本那個蠢蛋的形象，隨著滲出的汗水沿著髮絲滴滴落下而消失不見。

　　眼前的畫面實在相當賞心悅目，只要球到了Ton手上、準備投籃的時候，都會讓Chonlathee緊張得全身緊繃，如果是遠距離投籃，投中率一半一半，但如果是近距離的話，基本上就是百發百中，而且每一次反手上籃，都帥得不要不要的。

　　如此反覆幾次，他卻只來得及拍到一次而已。

　　籃球碰撞地板和籃板的聲音，以及場上的呼叫聲不斷地傳來，就連Chonlathee的視線並未盯著場上時也是如此。

　　Chonlathee低頭上傳剛才拍到的照片，順便標註對方的名字，但還想不到要寫什麼字好。

　　再一次抬起頭，正好看到那一道凶猛的目光朝自己的方向掃來，Ton揚起一邊嘴角對著他笑，接著就讓注意力回到剛好傳到手上的球。

　　突然間他想起Nai說過的話──「哇噻！超凶的！」，這種奇怪的評語，正好適合用來搭配剛才那張照片。

　　於是他輸入剛才想到的那句話、按下發布，並上傳了許久沒有更新的動態，然後把手機放在一旁，打算暫時不去理會，不料螢幕突然亮起通知，是一條來自Amp的私訊。

　　「你是不是喜歡Ton？」

「已經在一起了嗎？」

「要不要見個面呢，Chon？」

他冷靜思考了一會兒，最後還是選擇回覆，只是盡量用最有禮貌的說法。

「還是不要比較好吧，我只是Ton哥的弟弟，根本就不重要」

「那可以還給我嗎？把Ton還給我」

看完訊息之後，Chonlathee把手機螢幕關起來，接著把聲音和震動通通都關掉，手機面朝下放著，眉頭皺到幾乎要碰在一起。

不是她先劈腿的嗎？現在居然好意思叫別人還給她。

胡說八道！

胸口漸漸形成一股悶氣，他搖頭甩開那些思緒，往球場一看，發現他們已經結束練習了。

「Chon，我好渴，你先陪我去買水！等一下我請你吃零食。」……Ton的大喊讓Chonlathee暫時甩開了剛剛的鳥事。

　

Chonlathee從浴室走出來時，身上已經換好了睡衣。今天他擦了最喜歡的身體乳液，正不停地聞著自己的手臂，連坐在床上擦頭髮的Ton都忍不住開口虧他。

「要不要乾脆吃下去算了，我去幫你拿菜刀。」

「好香喔，我喜歡。」

「你剛開浴室門的時候我就聞到香味了，你確定只是擦而已，不是用來洗？」

「香味會不會太濃，會不會害你睡不著？」把手臂放下之後，Chonlathee繞到自己睡覺的位置上，不禁擔心Ton哥會因為他的乳液香味而影響睡眠品質。

不過大個兒的答案卻讓他鬆了一口氣。

「我一躺下就會秒入睡，快關燈，有夠睏的！」

「這是我的位置，你過去啦！」因為大個兒故意占據他固定睡覺的位置，Chonlathee只好使力把人推開，然後立刻上床背對著某人，免得他再來騷擾。

「你每次都背對著我睡覺，害羞了？」

「什麼害羞，我只是習慣這樣睡，而且你怎麼知道我背對著你睡覺，難道你都面對著我睡？」

「嗯，有時候。但我常常一轉身過來就看到你背對我，而且你睡得很安穩，居然能用同一個姿勢一覺到天亮。」

「可是你常常用手或腳壓著我，重死了！」

「早就問過你要不要分床睡。」

「因為我不想搞得那麼麻煩嘛，趕快睡覺吧，不是睏了嗎？」Chonlathee決定結束這不討喜的話題。過一會兒，大燈被關上了，他看到Ton哥的黑影慢慢地躺在床上。

熟悉的呼吸聲伴隨著冷氣機的聲音，身上淡淡的香味被Ton哥的味道蓋過，他注意過好幾次，人通常很少會聞到自己身上的味道，反而身邊人的味道才是最清晰的。

他聯想到之前聽說過的，我們會愛上某個人，是因為被費洛蒙所影響，或許是真的吧，因為他最迷戀的，就是此刻清新涼爽的香味。

「今天見到Amp的時候，我已經不會痛，甚至沒有任何感覺了。」

身旁人的聲音突然打破寧靜，Chonlathee不確定對方究竟想傳達什麼意思，只好用簡短的句子回應道⋯⋯。

「嗯，那是好，還是不好呢？」

「應該是好，你覺得我應該開始認識新對象了嗎？」

「問你自己囉，我怎麼會知道。」語氣有一點衝，他試圖把不滿的情緒往內心深處壓抑。

「但是我已經搞不清楚什麼是愛情了，我跟Amp在一起很久，久到不知道該怎麼開始新的戀情，而且我也不知道怎麼追人。」

「等到你愛上某個人之後，就會自己想到方法啦，別胡思亂想了，睡吧！」

「你有談過戀愛嗎？說得好像很懂愛情。」

「沒有，但我知道愛是什麼。」睡意席捲而來，逼得他不得不閉上眼睛。

老實說，Chonlathee根本不會因為心情不好就胸悶到睡不著，因為這種感覺他早就已經習慣了。

他喜歡Ton哥，愈是靠近就愈想愛這個人，想占為己有，可理智告訴他只能壓抑情感，站在自己應該站的位置，

而這個位置有個代號，叫做暗戀。

「沒談過戀愛，卻知道愛是什麼……真奇妙。」

「只能愛，不過卻沒有占有的權力。」當他閉上眼睛之後，呼吸聲開始變得規律，就像周圍的一切開始進入靜止狀態，只剩下足夠讓彼此墜入愛河的香氣。

能讓兩人關係更近一步的關鍵，有時是沒有來由的。而這件事，或許會讓某個人開發出從未發現過的自己。

半夢半醒之間，Chonlathee 感覺到身上有一股熱氣，他察覺到手臂上有被輕輕抓著的力道，耳朵和脖子旁似乎有熱氣和呼吸聲，他立刻睜開眼睛，發現整個房間仍然是暗的。

但身上的不對勁，千真萬確。

「嗯……」他忍不住發出呻吟，那力道好像愈來愈大，且慢慢移到了腰間。

「真的好小隻。」

「為什麼最近總覺得你好可愛。」

「是不是因為你抹的乳液香到我睡不著了。」

是 Ton 哥的聲音……而且手好像漸漸移到臀部。

「身體好軟，皮膚好滑，讓我摸一下。」

當熾熱的手掌放到大腿上時，Chonlathee 整個人定格了，理智隨之清醒，所有的感知也都變得清晰起來。

他很確定自己並不是在作夢，某人的手漸漸伸進他的短

褲……撫摸著人腿。

驚覺到不安全的氣息，Chonlathee立刻翻身，睜開眼看著上方的大個兒。

性騷擾的鐵證……。

「Ton哥你幹嘛！」

「我……」

「為什麼要摸我的腿？」

Chonlathee轉過身，看到Ton哥就像剛回神一樣放開手，隱約看得出在黑暗中的銳利眼眸呈現僵硬狀態，接著露出複雜的表情。

「我也不知道，我只是想摸摸看，對不起嚇到你了。」

「……你想幹嘛？」

「我……我沒有要對你做什麼……」

才剛說完，大個兒便站起來走到床尾。

Chonlathee看他的模樣似乎在猶豫，他聽到嘆氣的聲音。

最後Ton下定決心離開房間，僅僅留下錯愕和驚訝給Chonlathee。

⚓ 第 12 章

　　某棟豪華大廈裡，一扇門突然被打開。

　　門後出現的是一雙比平常更小的眼睛，這傢伙是被Ton在深夜時分突然叫醒的。果然對方一見到來人，厚脣直接爆粗口……。

　　「畜牲，去你媽的，幹嘛吵我睡覺！」

　　「我不知道自己怎麼了！」Ton躺在別人家的客廳沙發上，試圖讓自己冷靜下來，思考自己為什麼會在半夜起來摸Chon的大腿，只不過思來想去都沒有答案，他唯一的結論只有……。

　　「我可能有病！」

　　「神經病的話就去看醫生，不要凌晨四點來吵我睡覺，我！很！睏！」Nai對著Ton一通吼，搞得剛從臥室走出來的Ai嚇一大跳。

　　他躡手躡腳地走到Nai身邊，坐在沙發上安撫著他，還不忘在對方肩頭親一下安撫……簡直閃瞎人。

　　「發生了什麼事？」Ai好奇地問Ton三更半夜跑來的原因，同時感覺腦袋發脹，畢竟大半夜的被吵醒可不太健康。

　　「我瘋了。」

　　「你不是瘋了，只是笨而已，媽的趕快講到底發生什麼

事！」Nai用腳踢Ton的腿，催促對方趕緊一五一十從實招來。

「你們知道……我跟Chon住在一起吧……」

「可別說……你強暴弟弟了！」Nai瞬間清醒，從Ai腿上跳下來衝到笨蛋Ton的面前。「講清楚一點，畜牲……」

「我沒有對他怎麼樣，只是不知道最近怎麼了，總覺得Chon好可愛，身體好香……他睡著之後我偷聞，結果聞得太陶醉了，不小心去摸他的腿……」

「超變態，如果是我，早把你飛踢到一邊去了。」

「先聽我講完……後來他醒了之後我不知道怎麼辦才好，只好跟他說對不起，然後就跑來找你們了。」

「你想跟Chon上床？」Ai看到兩人都不說話，於是便丟出心裡的疑問。

「不是，我只是……只是……我也不知道！我是男生，Chon也是男生，我不會想跟Chon做那種事的。」

「結果我的兄弟最蠢，你真的看不出來嗎？」Nai用力憋著笑，面露不可思議的表情看著Ton。

「看不出來什麼？」

「就是Chon……」

「Nai，不要跟他講，讓他自己發現。」Ai把Nai拉到沙發上，在男友耳邊悉悉窣窣咬耳朵，Nai立刻露出我明白的表情點點頭。

「不要跟我講什麼？我有什麼應該知道的嗎？」

「你喜歡Chon。」Ai一針見血，然後沉默地看著與自己身高差不多的大個兒。

Ton臉上一點笑容都沒有，甚至露出我宰了你的表情，他沒想到自己的好朋友竟敢說出這種話。

「笑死，我並沒有喜歡他！」

「如果你沒有喜歡他，又為什麼每天在IG上貼他的照片，為什麼想碰觸他，而且只要有人想追他，你無一不阻擋，甚至發脾氣，連Nai你也不放過，這不是喜歡是什麼。」

「對啊，超大的醋桶。」雖然平常很愛鬥嘴，但此時Nai無條件支持Ai的論點。

「因為他是我弟，我是男人！」

「我跟Nai都是男人啊，還不是在一起了，愛情跟性別無關，不要那麼無聊。」

「我並沒有喜歡Chon。」Ton辯解著，可聲音卻愈來愈小，他開始不確定自己的想法了。

「沒有喜歡就沒有喜歡，沒有人可以控制你的想法，還有……這樣突然跑出來，把Chon一個人留在那邊好嗎？」

Ai適時提醒嘴硬的好友，嘴角忍不住嗤著壞笑。

「等一下我就回去，但是你們要先幫我想想，要怎麼講才不會讓他以為我是神經病。」

「都這樣了還擔心人家用負面的眼光看你，唉！隨便你吧，我信你就是。」

Nai低聲碎念，要不是因為Ai說讓Ton自己決定，他

應該會把好友罵到天亮才肯罷休。

「少囉嗦，趕快幫我想辦法。」

「那就說夢遊不就好啦！」

「這種理由他會相信嗎……因為我不是夢遊……不小心而已……」

「Chon 應該會懂吧，就我的瞭解，我覺得他還滿有耐心的，不會胡思亂想，配合度高，非常適合你，很適合當你的寶貝弟弟。」

Nai 趁機拚命挖苦，反正 Ton 也不知道自己被酸……。

「我不希望他誤會，真的，我怕他不相信，以後就不會對我好了，你覺得以後他會不會防備我？」

「你還是回去跟他講清楚，問題也不大，只不過話說回來，你要不要先睡這裡，等天亮再回去，沙發很歡迎你。」Ai 站起身一邊扭動脖子舒緩痠痛，一邊問好友。

但其實 Ton 的答案他也早就猜到了。

「我先回去，我也想講清楚。」

「那就……祝你順利。」

Ai 用力拍拍 Ton 厚實的肩膀，等大門一關上，立刻把 Nai 拖回房間繼續睡覺。

「Ai，你覺得這次 Ton 行不行？」

「我也不知道，那是他的事。」

「不能這樣說，他是我的好兄弟，而且又笨，要多幫他一些。」

「那就先等他承認自己喜歡Chon，那時候我們再幫他，OK嗎？」

「嗯……」

「現在先睡吧，快睜不開眼睛了，你看我的眼睛都快要跟你一樣小了。」

「是是是……Aiyares老爺!!」兩人鬥了一會兒嘴，很快地房間又陷入安靜、平和……且纏綿。

Chonlathee坐在臥室外的餐桌上嘆氣。

自從Ton哥離開房間之後，他用了將近半個小時整理思緒，努力去理解為何Ton哥會有這種奇怪的舉止，但是怎麼想都沒有個結論，只好下床走到客廳，才發現整個宿舍空無一人。

深夜的寂靜很容易讓人胡思亂想，直到大門被開啟，大個兒的身影走進來，Chonlathee才回過神。

兩人隔著一張餐桌，面對面四目相望。

「Ton哥去哪裡啦？」Chonlathee打破沉默，可對方卻雙脣緊抿，什麼也不說。

「剛才我去找Nai，那個……我有事想跟你說……關於剛才摸你的腿……」

「是。」Chonlathee點頭，不知道該說什麼好，藏在桌子底下的雙手握得死緊，明明冷氣很冷，卻不知道為什麼還會流汗。

「我沒有想要對你做什麼，只是想摸摸看而已，我根本沒有更多別的想法，這或許聽起來很奇怪，我⋯⋯我⋯⋯」

「Ton哥對我有其他心思嗎？」Chonlathee鼓起勇氣，問了自己最想知道的事。畢竟兩人並沒有更進一步的關係，被這樣觸碰他心裡總覺得很彆扭。

內心希望能聽到他所期待的答案，可偏偏現實卻不如他所期待。

「沒有，我沒想過那種事，只是想知道你的腳會不會跟臉一樣嫩，你大可放心，我並沒有喜歡你，也沒有任何超越兄弟關係的想法。」

「那我就直接跟你說了，我已經開始提防你，就算你沒有那種想法，我也不確定自己能不能和以前一樣，放心地跟你睡在同一張床上。」

痛⋯⋯好痛⋯⋯。

「我發誓絕對不會再發生這種事了，我也不知道自己怎麼會做出那種事，我也不懂自己，總之我保證，絕對不會有下次。」

既然如此⋯⋯就徹底毀掉吧！

「你有沒有注意到，接近我的人全部都是同性，該怎麼說好，我對男生的觸碰相當敏感。」Chonlathee手摸著脖子，避開同性戀的話題。

「你是想表達自己對同性的人很有吸引力，所以我才會想摸你？」

「不是⋯⋯」

「不然呢？」

「我在想⋯⋯搬出去自己住。」

「不准⋯⋯」Ton的臉色一沉，身體往後靠在椅背上，過了許久才又開口，「我都已經道歉了，你還在氣什麼？」

「我沒有在生氣，因為⋯⋯我就是Gay。」

終於說出來了。

「⋯⋯你！」

「對不起，騙了你這麼久，還有一件事我得說，那就是我喜歡你。」

空氣突然靜默下來，Chonlathee覺得自己耳鳴到幾乎聽不見任何聲音。

「現在我該說什麼，說我也是Gay？還是罵你怎麼不在一開始就告訴我，我不知道自己現在應該生氣還是難過⋯⋯我到底該怎麼辦，Chon⋯⋯」

沒有預期中的責備或謾罵，只是深色眸子裡露出的失望與混亂，還是讓Chonlathee心痛。

「我該走了。」

「隨便。」

對方的冷淡，凍到Chonlathee整個眼眶都熱了起來。

得到允許後，他緩緩地點頭，拚命忍住不讓眼淚流下來，早就知道一旦坦誠，結果一定會變成這樣。

Chonlathee打算故作堅強，可事實上他就是控制不住

自己。過了很久，他才有辦法讓自己站起來。

此時，Ton仍安靜坐著，沒有理會走進房間裡整理行李的Chonlathee。

全部整理好之後，Chonlathee徑直走到宿舍門口，回頭朝他說……。

「過兩天我會請家裡的人來幫我收拾，東西讓我先寄放一下……不要氣到把我的東西都丟囉。」

太陽升起時，正是他們別離的時刻，太陽先生啊……今天一點都不美，一點都不溫暖呢……。

⚓ 第 13 章

　　Chonlathee還算幸運，今天只有早上有課，到了下午，他便帶著草莓冰沙跑到Gam的宿舍裡待著，還用寢室主人的拉拉熊髮圈，把瀏海往上綁起來。

　　其實拿在他手上的飲料，原本應該是用來澆愁的啤酒，只是以前喝過太苦了，於是用甜甜的果汁取代。

　　「Chonlathee，你害我要翹課坐在這裡陪你一起品嘗失戀的滋味，很損形象的好不好！」

　　從書桌的方向傳來了好姊妹抱怨的聲音，Chonlathee的視線從地板一帶轉移到好友身上，眼前是穿著大學制服的Gam，看起來十分好看，卻讓他不太習慣。

　　他其實很懶得聽她碎念關於校園小姐還是系花什麼的，聽到連耳屎都要逃亡了。

　　只是自從他離開宿舍之後，對周遭環境的關注就隨之變少，連上課都聽不進去，叫計程車載他到Gam就讀的大學時也是頭昏腦脹的，甚至沒有想到今天Gam要上課，這不，小妮子就為了出來接他而翹課，所以才會坐在那邊吵個不停。

　　「我不行了，感覺糟透了，過來之前還剛好路過碰到，Ton哥卻連看都不看我一眼。」Chonlathee重重地嘆氣，無意識地拿起手上的杯子作勢要喝，但隨即又放下。

想起剛才下課準備離開教學大樓時剛好遇到 Ton 哥，他確定對方有看到自己，卻沒有任何表示，甚至還扭頭望向另一個方向，實在太叫人傷心了。

　　「Ton 哥大概還在驚嚇中？你是怎麼想的，都隱瞞了這麼久，卻突然那樣告白。」

　　「我已經憋一陣子了，終於忍受不了就⋯⋯」

　　「那你有什麼打算？現在無法面對 Ton 哥了吧，連東西都還沒搬出來。」

　　「嗯，我已經告訴我媽想搬走了，她會叫人去幫我搬東西，順便拿車來給我用，只是新宿舍明天才能住，今天讓我先跟妳睡！」

　　Chonlathee 起身到大床上躺下，一手抓起柔軟的抱枕貼在胸前。

　　「第一次看到你對我擺出這種富家公子哥的態度，真稀奇。」

　　「我也沒辦法啊，Gam⋯⋯妳覺得以後 Ton 哥還會理我嗎，還是永遠就這麼毀了？」

　　「我不認識 Ton 哥，根本無從判斷。我只知道你現在應該做的是振作起來，別再一副要死不活的樣子了，快點站起來，這副德行能看嗎？」

　　「為什麼不能看？」Chonlathee 問道，翻身看著站在床旁邊手插腰還翻白眼的 Gam。

　　「瀏海長到都快插到眼睛裡，眼鏡框大到遮掉一半的

臉，給我看一下嘴巴，我的天！櫻桃小口都脫皮了，你到底有沒有好好照顧自己？」

「時有時無，心情不好，變得懶懶的。」

「Chon，你可以失戀，可以愛別人，但你也要愛自己，趕快起來！去洗把臉，等一下我帶你出去改頭換面，這樣心情就會好一點啦。」Gam拉著他的手臂坐起來，使力地把他推到浴室去洗把臉清醒清醒。

「如果我更好看一點，會讓Ton哥後悔嗎？」

「這我不確定，但要是我們變漂亮的話，自然會吸引到premium等級的男生。」

「鼓勵好姊妹找老公就是了？」

「嗯，找個新的，還要比Ton哥好上一百倍！」Gam笑著說，似乎是因成功把他推進浴室而感到安慰。

其實Chonlathee自己也期待過，在不久的將來可以把Ton哥變成回憶，而且對新對象的愛，能夠超越他曾經對Ton哥有過的感情。

可是現在，心好痛喔！

從鏡子裡看到自己的變化，讓Chonlathee發現自己開始往好的方向改變。

不過是拿下大鏡框眼鏡，改換上隱形眼鏡，就讓他的精緻小臉和占據了臉部三分之一的淡棕色大眼更加突出。

至於完全遮蔽額頭的漆黑髮絲，已經被修剪成更俐落的

長度，甚至還染了淡一點的髮色，配合他的白皙肌膚，看起來十分耀眼。

「我就說啦，這個髮色非常適合你，深色的頭髮只會讓你的膚色看起來過於蒼白。」

「挺好的。」Chonlathee點頭，承認對自己的新造型相當滿意，看著鏡子裡的自己好一會兒，才又轉頭問還在吹頭髮的Gam，「我餓了，晚餐吃什麼好？」

「都可以。」

「不要都可以，我又不知道妳學校附近有什麼好吃的，趕快推薦一下。」

「學校旁邊的牛排吧？口味不錯……Chon，你的手機是不是在震動？」Gam用眼角餘光提醒著Chonlathee。

「是Ton哥，不知道打來幹嘛？」

「接了不就知道啦。」

「不要，等一下再傳訊息，現在還不想聽到聲音。」Chonlathee直到電話掛上，才改打開APP傳訊息，為的就是避開對方的聲音。

「Ton哥打給我有什麼事？」

「想問你在哪裡？」

「和朋友在一起」

「Nam阿姨打電話來說，明天早上會派人來收拾你的東西」

「明天不方便嗎？」Chonlathee嘆氣，眼睛盯著螢幕上

的文字。

「不是，你確定真的要搬？」

「嗯，我跟媽媽說因為想要有自己的隱私空間」

「我不是在意你跟Nam阿姨說什麼，只是我⋯⋯」

Ton停在這個「只是」長達數分鐘，Chonlathee一直等不到下一句話，於是自己主動回了訊息。

「只是什麼？」

「算了，所以晚上你要跟朋友睡？」

「是啊」

他嘴裡彈著舌頭，最後還是決定把原本要傳過去的句子──「你不用擔心」給刪掉，反正Ton哥絕對不是在關心他。

結束了對話，Chonlathee把手機收進褲子口袋裡。

「所以你們還是可以聊天？」Gam問起，同時甩了甩滑順的頭髮。

「是可以聊，但跟以前不一樣了，Ton哥只是要問明天有人要進去搬東西的事，就這樣。」

「你期待什麼啦，這麼垂頭喪氣。」

「沒有啊，去吃飯吧！」

Chonlathee勉強笑著說沒事，但心裡仍對Ton哥剛才的那句「只是」有一點耿耿於懷。

晚餐之後，Chonlathee回到Gam的宿舍，兩人已經說

好明天Gam會開車送他去學校上，不過由於兩校的距離並不算近，加上曼谷交通壅塞的問題，Chonlathee打算今天早一點睡，明天才能提早起床，避開早上的塞車潮。

此刻Chonlathee躺在粉色的床上，一隻絨毛玩具狗被他抱在懷裡，今晚不用像以前那樣側睡，翻身面對正在敷臉的Gam時，也不會像面對Ton哥時那樣出現為難的心情。

「Gam……」

「十分鐘之後再聊，不然臉會皺。」Gam伸手示意他閉嘴，視線則始終落在自己的手機上。被好姊妹阻止後，Chonlathee只好又翻回來躺著看天花板，百無聊賴地滑著手機。

但這時打開臉書是個非常錯誤的選擇，他看著自己的個人頁面，近期的動態充滿了他和大個兒之間的回憶，這些遠比異常飆高的追蹤者人數更吸引他。

他看到的第一張照片，是他在球場上標註Ton哥的那一天，大個兒在場上生猛的表情歷歷在目，看到這樣的照片，他真的一點都不意外自己會對Ton哥如此著迷。

下一張照片是視訊電話的截圖，他記得那一天緊張得要死，還記得按下通話鍵的時候，心臟跳得非常激烈。在這張照片之後，還有兩張是Ton哥標註他的照片，但是最讓他心痛的，莫過於在山上看夕陽、他不經意轉頭時被捕捉下的那張照片。

那雙眼裡的愛意，明顯到藏都藏不住。如果Ton哥回頭

看到的話，心情一定會很糟。其實他很想刪掉這張照片，但因為發布的人是 Ton 哥，他根本無能為力。

其實刪了也沒有用，畢竟所有細節他都記得一清二楚。

「我敷完臉囉！剛才你想跟我聊什麼？」Gam 從床上彈起，拿下白色的面膜，嚇得 Chonlathee 差點摔掉手機。

「是怎樣，有這麼膽小？你剛才想聊什麼？」

「忘了，關燈睡吧！」

他把滑落的手機放在床頭上，看著房間主人站起來關燈，然後走回來躺在原位。

他和 Gam 當然沒有立刻睡著，兩人交換著剛上大學的新鮮事，看來 Gam 有好多故事可以講，然而他聽著聽著就睡著了。

熟睡到將近凌晨三點時，手機螢幕突然亮起，並且震動了兩、三次，是來自某個人的奇怪訊息。

「之前在一起的時候，我有沒有祝你好夢過？」

「Chon，祝你好夢」

粉紅凍奶色的 Volkswagen 高調地停在管理學院前，這一切都要感謝媽媽的得力祕書，在一夜之間幫他處理完所有的事情。所以當 Gam 開車送他到管院時，他的車鑰匙連同新宿舍的鑰匙也一併到手，接著祕書和媽媽活力旺盛的員工便迅速離去，留下面對許多異樣眼光的 Chonlathee。

Chonlathee 抬起塞滿衣服的背包遮住臉，低調且快速

地鑽進車內，開往學生停車場。

　　希望沒有人注意到那些看起來很像黑道的黑衣人，拿著粉色鮮豔的車鑰匙給他。

　　可惜，一切並未如他所願，因為才剛走進教室，一群人便一哄而散，甚至對他露出不自然的笑容，不說也知道，這一大群八卦團一定是在討論他的事情。

　　反正無視。

　　Chonlathee走到一張課桌椅旁放下背包，向早就已經入座的Jean和Dada打招呼，Jean對他笑得尷尬，反而是Dada先開口招呼。

　　「Chon換造型啦，而且還改戴隱形眼鏡了，比之前更可愛呢！」很少會聽見Dada說出這麼長的話，更怪的是，她還繼續說。「大家都在傳你家是黑道，但是我根本就不想聽，你也不要去理會！左耳進右耳出，不放在心上就沒事。」

　　「我家是開造船廠的，所以工人才會看起來一副逞兇鬥狠的樣子，不是什麼黑道。」Chonlathee對著Dada解釋道，並沒有想隱瞞家裡的事業，只不過大部分人寧願選擇相信流言，甚過求證事實。

　　雖然媽媽工作的時候，還真的滿像黑道的……。

　　「Chon剛從家裡回來嗎？」這次換Jean笑了，大概是在知道詳情之後又開啟了好奇心。

　　「沒有啊，只是叫家裡的人幫我開車過來。」

　　「是唷，早上我有看到Ton哥出現在管院，但是沒看到

你，還以為你回家了，因為平常都是Ton哥載你上學啊。」

「Ton哥？他來幹嘛？」Chonlathee皺著眉頭，一邊將課本和文具放在桌上，「我已經搬離開Ton哥的宿舍了，所以今天才沒有讓他載我上學。」

「喔⋯⋯」Jean和Dada點頭表示理解，也沒有繼續追問，反而是Chonlathee繼續解釋。「我只是想有屬於自己的隱私空間啦，上課吧，老師來了。」

為了掩飾內心的苦，Chonlathee勉強露出一點笑容，把注意力轉回到課堂上，盡可能不去想關於Ton哥的所有事情。

直到午休時間，他跟Jean和Dada散步到學校的中央餐廳，打算就在這裡填飽肚子，下午再回教室上課。

或許是因為他改戴隱形眼鏡的關係，視線似乎比以前寬廣了很多。

Chonlathee清楚注意到沿路都有人看著他，但他只能先淡定不動，把不安的心情隱藏起來。

餐廳的中午時段一如往常地人山人海，他選擇二樓露臺的一個角座坐下，讓兩個女孩先去買飯，自己則自願留下來顧位置。

綠油油的草地上有一座藝術學院的雕像，Chonlathee看著看著便開始發呆，等到回神時，才發現面前的座位出現了一個長相十分俊俏的男生。

男孩身材高挑，頭髮烏黑，眼神銳利深邃，Chonlathee
注意到對方制服的袖子被翻摺到肘關節處，白皙的手肘內側
露出「THE HAPPINESS」的刺青字樣。

「不好意思，這裡有人坐了。」他禮貌性地告知，查覺
到周圍開始有悉悉窣窣的聲音。

「我是Na，我很喜歡你，目前就讀大一國際班，想要
你的電話號碼……呃……請問可以嗎？」

「不可以。」Chonlathee冷冷地回，他知道這些人之
所以拚命咬耳朵，話題一定是圍繞在這位國際班的Na身上。

不得不說，這人真的很帥。大部分國際班的學生都不會
到中央餐廳來吃飯，由於國際大樓也有餐廳，比這裡安靜，
更能保有隱私。因此他的出現，早已讓周遭騷動不已。

「啊!?為什麼？有人跟我講這樣說一定要得到啊！」

「同學叫你來要的？」

「不是，是我自己要的，那重來一次，呃……我的名字
叫Na，我喜歡你……請問，可以要你的號碼嗎？」

Na說話的方式聽起來有些不自然，好像他平常不這樣
講話似的，而且講話的時候模樣有點怪，害Chonlathee忍
不住笑了出來。

「你要我的號碼做什麼？」眼看Na並沒有要離開的意
思，Chonlathee只好背靠著椅子和對方閒聊。

不得不說，這個人正好是他的菜，樣子痞痞壞壞的，但
事實上就像隻貓，跟Ton哥一樣。

想起Ton哥，Chonlathee原本上揚的嘴角漸漸收起，最後只剩下苦笑。

　　好想他……不知道他吃飯了沒。

　　「想追你，可不可以？很多人喜歡我，你也可以喜歡我嗎？」

　　「嗯？」這是他今天第一次笑得這麼開心，真的好希望Gam也一起坐在旁邊喔，這個人太有趣了，跑過來告白要電話，而說服他給電話的理由卻是因為有很多人喜歡他。

　　「笑什麼？我是認真的。」

　　「笑你很有趣，但我還是不會給的。」

　　「那我的電話你拿去，記得要打電話來追我喔！」

　　「這樣也行？」Chonlathee這次是真的忍不住大笑，儘管以前也曾經被告白過，不過這種怪異的方式倒是第一次碰到。「如果我打電話追你，你會幫我付電話費嗎？」

　　「可以啊，我家很有錢，買一支新手機讓你專門用來打電話給我都行。」

　　「這麼誇張？可是我認為我們應該先從朋友做起。」Chonlathee露出微笑，用最溫柔的方式拒絕。

　　「這樣也可以？我不會輕易投降的，老實說，我之前碰過你，當時你戴著眼鏡，跟在一個長得很凶的人後面，我以為是你男朋友，後來同學說你們不是，所以我才敢來追你。今天你沒戴眼鏡，差一點就認不出來，真的好可愛，超可愛的！」

「怎麼你說得好像自己長得一點都不凶的樣子。」……Chonlathee不在意被說可愛，卻很在意對方提到長得很凶這件事。

「不會啊，所以現在我們是朋友了，那我可以跟你一起吃飯嗎？」

他還想不到要怎麼回答對方的問題，突然間，桌子被人用力拍了一下，Chonlathee嚇了一跳，盯著桌上那雙熟悉的手，然後緩緩抬頭。

Ton哥……。

「我有事跟你說，跟我來。」

「Na，你先回去，我先跟我哥聊一下。」Chonlathee站起身，禮貌地向Na微笑，然後轉頭看著背對著他的人。

「Ton哥找我有什麼事？」

「要不是Nai叫我來跟你談清楚，否則我也不想來打擾你的幸福時光！」

「好啊，那你帶路。」Chonlathee吞了口口水，保持著適當距離跟在大個兒的後面。

Ton帶著他離開中央餐廳到學校裡的一間小餐廳，餐廳內有少許的客人，但是沒有像中央餐廳那樣吵雜熱鬧。

Chonlathee的手掌摩擦著褲管，很不自在地看著面前的人低頭點餐。

「不是說有話要跟我講？」

「我不能一邊吃飯一邊談嗎？你吃飯了沒？」

「還沒，剛才才正要和同學一起吃。」

「剛才跟你坐在一起的是你同學？」

「不是……他只是來要我的電話而已。」講到後面那一句，Chonlathee的聲音自動轉小，他看到某人大翻白眼，忍不住就辯駁。「現在社會很開放了，就算有男生追我也不奇怪。」

「那是你的事，好了，想吃什麼就點，剛剛看到你我就不爽，誰叫你染這種髮色？還有，為什麼要戴隱形眼鏡，以前戴眼鏡不就很好？」

「沒人叫我這樣做，是我自己想染的。」Chonlathee一面委婉地表示，同時一面拿過菜單點菜，結果當服務生複誦餐點的時候，才發現他倆又點了一樣的東西。

「昨天我醉了。」

「嗯？幹嘛跟我說這個？」

「我喝醉了才會傳訊息給你，是因為喝醉，我不是故意的。」

「我……從早上到現在都還沒看手機。」Chonlathee眨了眨眼，伸進褲子口袋裡拿出手機。

「之前在一起的時候，我有沒有祝你好夢過？」

「Chon，祝你好夢」

「那是因為我喝醉了，別誤會！」

「知道了。」Chonlathee把手機放回褲子口袋裡，雙手又繼續摩擦著褲管。

「昨天睡得好不好？」

「嗯，跟朋友聊著聊著就睡著了。」

「你去借住的朋友，是男生女生？」

「女生。」

「剛才你有沒有把電話給那個小白臉？」

「沒有。」

「那就好。」

Chonlathee把視線從對方的胸膛上移開，打算拿水來倒，這時Ton趕緊搶先一步，迅速打開水壺，把水倒進兩個裝有冰塊的杯子裡。

「謝謝，所以Nai哥叫你來跟我談清楚什麼事？」

「我忘了，趕快吃飯，等一下我陪你走回管院。放學要怎麼回宿舍，要不要我載你？」

「不用了，我有車可以用。」

「那就好⋯⋯」

Chonlathee看著Ton哥用叉子捲義大利麵送進嘴裡，雙手還在繼續摩擦著褲管。

「Ton哥，其實你可以不用擔心我，我會自己照顧好自己。」

「誰擔心你？我才沒有。」

「是，你沒有。」Chonlathee終於不再用雙手摩擦褲管了，因為感覺手掌心開始有一點痛，跟他的心一樣。

聽清楚了吧，人家根本就沒有在擔心你。

Chonlathee告訴自己趕快吃一吃，吃完之後就可以離開這壓抑的地方了。

⚓ 第 14 章

　　Chonlathee 的新宿舍在學校前門附近，房間內的裝飾完全就是他喜歡的樣子，嶄新的空間，讓上了一整天課的疲憊感通通都獲得釋放。

　　新遷入的宿舍不比之前的地方來得寬敞，只是方方正正的套房，但傢俱齊備，一個人也可以住得舒舒服服。

　　然而最讓他心花怒放的，莫過於在床上排排站的絨毛玩偶大軍。

　　把背包放在地上，Chonlathee 立刻撲向軟綿綿的床鋪，一頭栽進乾淨清香的棉被裡，滾著滾著差一點就睡著了，要不是還沒洗澡、還沒摘下隱形眼鏡、還沒吃晚餐的話，他早就直接睡過去。

　　當肚子裡的饞蟲開始集結，發出一陣陣抗議聲的時候，Chonlathee 才不得不從柔軟的床上下來。

　　他想自己應該到校門口附近走一走，看看有沒有什麼東西可以買來當晚餐吃。

　　褪去深色的長褲，再換上高過膝蓋半吋的短褲之後，Chonlathee 便拿著錢包和手機出門。

　　這棟宿舍沒有電梯，不過因為就住在二樓，上下樓梯倒不是什麼大問題。

　　「Chon。」突然有人從後面叫住他，Chonlathee 回頭

一看，才發現是一張再熟悉不過的臉。

國際班的 Na 就站在身後。儘管到現在都不曉得他是哪個學院的，不過倒是知道他家很有錢，而且非常帥。

「噢，Na，你住這？」

「不是，我來找朋友，Chon 住這裡？」

「嗯。」Chonlathee 露出微笑，打完招呼後便繼續往下走，比他高一截的 Na 見狀也跟著一起下去。

Chonlathee 忍不住多看一眼，發現就算 Na 滿高的，但還是比那個人矮很多。

哎，幹嘛老是想到大個兒，Chonlathee 真是討厭自己。

「我今天第一天搬進來。」

「現在要去哪裡？」

「我打算去吃飯。」

「那我也要去，這一定是緣分，原本我一度不想來了，但不知道被什麼力量所驅使，幸好有來，原來是可以碰到 Chon。」

「學校就這麼點大，會巧遇也不奇怪。」聽到對方這麼說，Chonlathee 忍不住悶笑，這個人有著犀利但純潔的眼神，讓人可以放心　起聊天。

只是 Na 還來不及接話，就突然被一道低沉的聲音打破兩人之間的對話。

「緣分？我看是孽緣才對，我也很巧，剛好來找這裡的住客，也巧遇有人在搞曖昧，麻煩尊重一下路人，好歹這裡

有一位單身漢！」

「Ton哥？」Chonlathee眉頭一皺，看著大個兒靠在宿舍大門，他忍不住就開始比較起眼前的兩個男人，發現Ton哥明顯比Na的塊頭大很多，不過身上的肌肉卻相當均勻，非常標準的運動員身材，這也難怪他喜歡打赤膊展現身材。

「嗯，是我，好久不見。」

「不是中午才剛見……」Chonlathee不知道該說什麼好，他還特地跟媽媽要求住在校門口對面，這樣就可以避開住在側門附近的某人了。

只是愈想逃避，反而愈常撞見。

「Chon，他是你哥哥？我之前誤會是你男朋友的人就是他，但他不是對吧？」Na輕輕地碰一下他的手肘，提醒著自己還存在。

「嗯，他是Ton哥，我老家的鄰居大哥哥。」

「Ton哥您好，我叫Na，正在追求Chon。」

噗！

聽到這話，Chonlathee差一點沒被自己的口水嗆到，他雖然知道Na這個人很有自信，但沒想過居然會是爆棚的程度。

「你家的事。Chon吃飯沒？我還沒吃，現在一起去。」Ton對Na講的話完全不予理會，伸手就抓住Chonlathee的手臂，將他拉得離Na遠遠的。

「我剛好要跟Chon一起去飯店裡的餐廳吃，你請便。」

「不了，我打算在校門口附近吃就好，等一下還要回去寫功課。」

「那今天就吃校門口附近吧，Chon想吃什麼，校門口附近的店我都沒吃過，全都是便宜的東西，但如果你想吃，我可以陪你。」Na將有型的短髮往後一撥，露出兩排皓齒燦笑。

「Chon……你確定要找這種自戀狂當男朋友？」Ton咬牙切齒地問，臉上似乎愈來愈壓抑不住怒火。

「我有說過嗎？而且就算我不喜歡你，改喜歡Na，有什麼不好？你不用擔心。如果我真的要交男朋友，會自己判斷。」

「我看他不順眼！」

「我覺得還好耶，Na看起來還滿好笑的。」

「不准你接近他，還有你，不准接近我弟！」Ton扯著Chonlathee的手臂靠近自己，手指向一臉摸不著頭緒的Na。

「啊？」

「Chon，在我發火以前，可以走了。」

「我的事你發什麼火？」

「我也不知道！」Ton拉著Chonlathee一起走，完全不管Na在後面大喊。

最後Chonlathee被丟進了車子裡，當大個兒坐進駕駛座之後，高級轎車便快速地開走，搞得他差點對Ton咆嘯大

罵……。

神經病又發作了嗎？

後來晚餐是在學校附近的一家百貨公司內解決的，簡單
吃了一頓本村炸雞，把Chonlathee撐得要死，但Ton似乎
覺得還不夠，又拉著他繼續吃冰淇淋。

「我超飽的，想回宿舍寫作業了。」

「我想吃冰淇淋。」

「怎麼都不知道你喜歡吃冰淇淋？」

「因為一直跟你在一起，所以被你傳染了愛吃甜食的毛
病。」Ton皺著眉頭盯著他看，那股蕭殺的眼神搞得隔壁桌
的高中生突然變得萬分安靜。

「又怪我……冰淇淋來了，想吃就多吃一點。」他看
著服務生把冰淇淋放在桌上，只點一杯，但份量卻足夠讓四
個人吃。

「幫我吃一點。」

「那我要奶油和櫻桃。」一看到最愛，Chonlathee自
動開啟甜點的胃，雖然嘴巴說不要，但還是不爭氣的拿起湯
匙準備舀冰淇淋送進嘴裡。

只是冰淇淋都還沒送進嘴裡，手腕就突然被Ton抓住。

「你會用舌頭捲櫻桃枝嗎？有人說如果做得到，就表示
很會接吻。」

別有眉釘的眉毛挑釁似地微微挑起，接著Ton用另一隻

手拿起冰淇淋上的櫻桃送進嘴裡，稍微咀嚼之後，一個捲成圓圈的櫻桃枝就出現在對方的舌頭上。

早就知道 Ton 哥很會接吻了啦，因為他親過⋯⋯。

「操！」不小心洩出髒話，Chonlathee 想起幾乎快忘記的往事，臉上突然一片潮紅。

千萬要保密，絕對不可以說出去！

「怎麼了，不舒服？臉這麼紅。」

「沒事⋯⋯我沒有試著捲過櫻桃枝，想試試看。」

Chonlathee 挑了梗最長的那一顆，先咬下紅色甜潤的果實，吞嚥之後才將櫻桃枝送進嘴裡。

捲⋯⋯捲⋯⋯捲，只不過儘管用盡全力，卻怎麼樣都做不到。

「不行啊，連口水都流出來了。」Chonlathee 舔了舔嘴脣，最終宣告放棄。

「嫩！」

OK，意料之中。

「你千萬別捲櫻桃枝給別人看！」Ton 的聲音異常地微弱，然後急忙地吃下冰淇淋。

「為什麼？」

「有夠挑逗。」

「也太直白了吧！」Chonlathee 把嘴巴裡的櫻桃枝丟向 Ton，但對方只是閃過，然後繼續吃冰淇淋。

「其實你可以繼續住我那邊，我不介意。」

「不要，我已經跟你告白了，我無法在對方不喜歡我的狀態之下和喜歡的人待在一起。」

「有夠麻煩！」

「誰叫你讓我覺得從今往後我們再也不能像這樣聊天了，更別說你隔天還刻意避開我。」

「我是生氣，但現在氣消了，也有點寂寞，誰叫房間太大。」

「那就去交新女友啊，這樣我也能快一點對你死心。」Chonlathee開口的同時，Ton順勢將巧克力冰淇淋遞到他嘴邊，變相強迫他吃下。

並非說開了之後感覺就能消散，他只不過是刻意偽裝鎮定而已。

「我還沒遇到喜歡的人，所以如果我還沒交到，你也不准交，要陪我一起單身！」

「這樣也可以？好奇怪。」

「趕快吃！等一下我送你回去。」Ton打斷話題，把湯匙放在一旁，專心看他舔冰淇淋，「明天我去管院接你，中午一起吃飯。」

「請備註我們的關係是？」

「你是我弟弟。」

「那我不去。」

「欠扁！」Ton朝Chonlathee大吼，手托著下巴盯著他看，「不然你要跟誰吃飯？」

「Jean和Dada，今天我被Jean罵到耳朵都麻了，說我不講一聲就跑出去跟你吃飯。」Chonlathee以同樣的姿勢托著下巴，整個臉向前湊近，望進那雙犀利的眼眸裡。

到最後，果然是Ton先避開，搞得Chonlathee忍不住偷笑。「所以我跟他們說好了，明天會請吃飯，事情就是這樣。」

「呃……那晚餐要跟誰吃？」

「跟班上的同學聚餐，有很多人要去，聽說是學校附近的休閒餐廳。」

「你會喝酒？」

「當然不會，其實我試過了，味道好苦，還是不喝比較好。」Chonlathee靠在椅背上苦笑著回。

「那就好，吃飽了沒？我要去結帳了。」

「我來結。」

「不用，是我帶你來的，當然是我付。」

Chonlathee本來想搶桌上的帳單，但最後還是被Ton拿去結帳了。

看著Ton哥的背影，他忍不住嘆氣，兄弟，有必要每一次都請客嗎？

然而接下來的混亂，就從大個兒開車送他回宿舍開始。

大個兒停好車後跟著一起下車，理所當然地說……。

「我上去看一下，確認你房間安不安全。」

Chonlathee立刻回想了一下房間有什麼東西，確認沒什麼太大的問題，而且他也非常確定 Ton 哥絕對不會對他做什麼，唯一的問題就是……床上的毛茸茸大軍，萬一被他瞧見，肯定會很不好意思的！

「不，不給你看。」Chonlathee馬上搖頭拒絕。

「現在很會唱反調了嘛！以前都會順我的意思。」

「我唱什麼反調了？」

「不管，反正我一定要看到你的房間。」Ton用粗大的手臂鎖住Chonlathee的脖子，擅自掏出房間鑰匙朝他得意一笑。「房號204對不對，你阻止不了我的，Chon。」

「喂！你現在怎麼變成這樣啦！」被Ton拖著往前走的Chonlathee慌張地大喊。

「就是說，我怎麼會變成這樣？」

「你自己都不知道了，我怎麼會知道！」Chonlathee實在不想讓人看到他的新窩，但可惜房間已經被打開了。

健壯的手臂終於鬆開他的肩膀，Chonlathee急忙把衣服拉好，一面碎念一面跟著Ton走進自己的房間。

下一秒，房間的大燈照亮整個空間，最吸睛的地方果然就是他床上的絨毛玩偶大軍。原以為Ton會大吃一驚，結果他只是拿起美樂蒂丟到一旁，一屁股坐在Chonlathee的床上。

「床好軟。」

「你憑什麼丟我的娃娃？現在房間也看到了，可以回去

了沒？」

「不要，現在回去也是一個人，等我睏了再回去睡。」

「……」Chonlathee站在那兒看著眼前這個大無賴揉捏著他的寶貝娃娃，而他卻絲毫沒辦法。

唉！很可愛吧，很可愛是吧!!

「不行？」

「那你不要吵我，我有作業明天要交。」

「嗯……我會安靜坐好。」

站著看Ton哥玩了一會兒娃娃，Chonlathee決定先拿換洗衣物進浴室，打算洗完澡精神好之後再開始寫作業。只是他沒料到，等他走出浴室才發現，那個機車鬼已經躺在床上呼呼大睡了。

「Ton哥，給我起來！」Chonlathee走過去搖晃Ton的身體，想不到這個臭大個兒不只不起來，甚至還翻過身背對著他。

「如果你睡在這裡，那我搬家有什麼意義啊！」

厚實的毛巾隨意地搭在溼髮上，Chonlathee坐在Ton的身邊，偷偷觀察那張熟睡臉龐上的濃密睫毛。

「討厭。」纖細的手指沿著臉部輪廓慢慢的往上滑，撥開他蓋住額頭的瀏海，看到左眉上的銀色眉釘，Chonlathee想起Ton在冰淇淋店用舌頭捲櫻桃枝的動作，全身就忍不住一陣酥麻。

「你真的很討厭，但對我來說仍是最好的，我喜歡你，

超喜歡你。」

沉睡的身子再一次翻身，提醒了 Chonlathee 是時候停止盯著 Ton 看，該起來開始寫作業了。

今天的作業花了近兩個小時才寫完，等到寫完的時候，Chonlathee 也忍不住呵欠連連。

但現在最大的麻煩是，大個兒還躺在他的床上，還睡得超熟，害他不敢叫醒他。

無計可施之下，Chonlathee 決定拿枕頭趴在桌上睡，好讓 Ton 繼續躺在床上。

他伸手想拿大個兒旁邊的枕頭，但都還沒來得及拿起來，整個人就突然被拉著往柔軟的床上倒。

大床彈了一下，就在 Chonlathee 還一頭霧水時，Ton 已經開口說，「我走了，你快睡。」

「你撲倒我？」

「嗯，睡吧！」大手放在他臉上，代替隱形眼鏡的有框眼鏡被摘下。「眼鏡我放在這裡。」

「好。」

「我真的走囉！」

「喔。」

「我走囉……真的走囉！」Ton 用手摸一摸後頸，表情認真地強調他要回去了，接著轉身朝向房門，作勢走人。

「Ton 哥。」終於，Chonlathee 還是喊住對方，但是

Ton並沒有回頭，只是停在原地。「開車小心喔！」

「嗯，我幫你上鎖。」

Ton一走，整個房間頓時陷入黑暗之中，Chonlathee翻來覆去始終睡不著，因為整張床都沾滿了專屬於他的氣味，而且不止如此，身旁的幾隻娃娃也都沾染上Ton的尼古丁香氣，Chonlathee把娃娃拿到懷裡抱緊，深深吸了一大口氣，彷彿如果不趁現在趕快吸一下，等下這些味道就會煙消雲散一樣。

⚓ 第 15 章

店內吵雜的聲音讓Chonlathee有些不習慣。

今天晚上和班上的同學約在一家餐廳聚餐，Chonlathee一走進店裡，便立刻開始搜尋熟面孔。

愛車粉紅凍奶停在餐廳外，Chonlathee是最後一個抵達的人，於是被大夥兒小小的處罰了一下。

一杯調酒，懲罰他遲到……。

Chonlathee看著手上的飲料頻頻皺眉頭，怎麼一杯酒居然能有這麼多顏色，湊近一聞，還有消毒酒精的味道。

「這裡面有酒精？那我不喝。」他用手指撓撓太陽穴，在長桌找了一個位置坐下。

周圍都是熟面孔，畢竟全年級都來了，還有幾位高年級的學長姐也一起出席。

「學長點給你的，就喝吧，而且你要罰兩杯，因為你沒有掛名牌。」

有人出聲提醒，Chonlathee才發現自己真的忘記戴上名牌。

只是連第一杯都還沒碰，另一杯藍色的飲料就被送過來了。

面對眼前兩杯顏色怪異的飲料，以及數十雙盯著自己看的視線，Chonlathee忍不住求饒。

「我沒有喝過，饒了我啦。」

「調酒而已，輕飲料不會醉，酒量再差都不會醉。」

「嗯……那我先喝一點點。」

「不行，要一口乾，不然再加一杯。」

……被整了，早知道就不洗那麼久。

最後Chonlathee還是抵抗不了大夥兒的鼓譟，於是決定先拿起紅色那杯調酒，先是嘗了一小口，發現酒味其實不重，味道偏甜，舌尖還有汽水的味道，於是一口氣就乾了不到五盎司的調酒，緊接著再喝下第二杯。

「啊～～肚子好燒喔！」Chonlathee摀著肚子，感覺胃裡面燒燒熱熱的，然後慢慢走到Dada旁邊坐下。

「你還沒吃飯對不對？」

「還沒，從中午開始就沒吃東西。」他回答道，然後從Dada手上接過餐盤。

「Chon肯定會醉，居然空腹喝酒。」

「不是說不會醉？」Chonlathee大驚，開始感覺到胃裡的熱氣正擴散到全身。

「哪有喝了不會醉的酒？只差別醉得多、醉得少，或快慢的差別而已。」

Dada輕輕地笑，Chonlathee覺得熟了之後她的話慢慢變得比較多了，笑起來也很可愛，如果要交女朋友的話，希望對象能是Dada這樣的女孩子。

「可是我今天開車……」

「如果你喝醉的話我會送你回去，現在先吃飯，等一下多喝一點水，稀釋一下酒精。」

他微微點頭，看著Dada盛飯和舀菜到盤子上。但才剛吃幾口而已，就感覺頭愈來愈重。

好暈……眼前的一切看起來都好好玩……。

「我想去找Jean聊天，學她到處打招呼看看。」

Chonlathee暈頭轉向地站起身，雖然還有意識，但剛剛那兩杯調酒讓他視線變得模糊，呼吸也變得很重，有一點無法控制自己。

黑色短褲下的細腿往Jean所在的方向走去，硬跟著人家擠在同一張椅子上。

「你們在聊什麼，好像好好玩，我也要加入。」

「Chon，你喝醉了？」

「應該吧，我要吃炸雞，幫我拿一下。」Chonlathee搶走Jean手上的叉子，準備插在炸雞上，偏偏這時炸雞整盤被端走，仔細一看，才發現這一整桌的人大多都是高年級的學長。

Chonlathee尷尬不已，現在發現也已經太遲了，啊啊，早知道就不來了。

一定又會被這幾個學長整！

「先跳舞，我就讓你吃。」

「那我不吃了。」

「Chon，跳一下就好，我想看你跳舞，剛才Jean也已

經跳囉！不然你隨便搖幾下也好。」

「真的嗎？Jean，剛才妳有跳舞？」他立刻轉頭跟旁邊的好姊妹確認。

「嗯，一點點，我剛剛也有喝酒，現在有點微醺。」Jean舉起手上的杯子笑，但他總覺得Jean杯子裡的飲料比起調酒，更像綠茶。

「怎麼跳？」

「只是隨著音樂頭晃一下，就這樣。」

「如果只有這樣的話應該還可以，可是我沒有跳過舞喔！」Chonlathee皺了皺眉頭，然後站起來隨著音樂搖頭。

滿好玩的，好像解放了自己的靈魂，似乎像全場只有他一個人一樣。

「超性感。」

「操……如果說好想推倒他會不會太變態？Chon學弟，今晚想不想去我那裡？」

「不好吧？」

「去嘛……」

「……現在我好餓。」Chonlathee隨著音樂開始擺動，身後的人慢慢的把手從大腿往上挪動，夾雜著酒味的氣息噴在後頸上，讓他備感不舒服，想要逃走，但是貼在他背後的人卻緊抱著他不放。

「跟我走，學長會好好照顧你的。」

「嘿！快放開！」

Chonlathee面露不悅，拚命想掙脫對方的環抱，掙扎了好一陣子，身後突然傳來一道巨大的力道將後背的人抽離，他納悶的轉身，卻一頭撞進某個人結實的懷裡。

　　啊，鼻子好痛。

　　「操你媽的！」

　　這聲音……。

　　濃烈的尼古丁味，混雜著清新的香水味……。

　　這才是讓人心醉神迷的味道。

　　「Ton哥!?」

　　「Chonlathee除了我的宿舍之外哪裡都不會去！他是我的，要是讓我再看到有誰敢碰他，絕對不只一個拳頭這麼簡單！」

　　Ton的霸氣宣示掩蓋了剛才的那一陣騷動，Chonlathee感覺腦子裡的暈眩感瞬間煙消雲散，只是安心才不過幾秒，就突然讓人一把扛在肩上。

　　剛才沒聽錯吧？是不是有人說我是他的？

　　時間回到幾分鐘之前。

　　空氣中飄散著尼古丁的味道，暗灰色的煙霧在空間裡繚繞，Ton坐在一家餐廳的戶外區域，看著管理學院的人在室內開著小派對。

　　他也不明白自己為什麼會在這裡，但是當看見那個子嬌小的男孩走進去時，視線便再也移不開，手上的菸也抽得更

凶了。

「最近抽得很凶喔，緩一緩吧，吸菸對健康不好。」修長的手指拿掉Ton手裡的菸，低沉的聲音耐心地勸著。

Ton不用回頭看也知道，他約好的人裡面，Intha永遠都是第一個到達的。

「為什麼約我們來吃這家，不是說不好吃？」

「吃氣氛不行啊？」大個兒說話的同時，便已經率先在Nai和Ai的前頭踏進餐廳。

「吃氣氛，還是蠢癌發作？人生找不到出口，只好叫兄弟出來陪他一起耍呆？」Nai一面碎念一面坐下，然後被Nai走到身旁壓著肩，硬是要擠在同一個位置上坐。

「操……偶爾約兄弟一起吃飯是會死嗎，我很久沒有跟你們吃飯了欸！」

全員到齊後，Ton冷著聲音回道，看起來心情真的不太好。

跟他一樣心情不好的還有Ai，他自顧自地拿菜單準備點餐，不難猜測應該是來之前和Nai吵過架。

但是Nai卻好像完全沒察覺到自己讓某人生氣了，還一手撐在桌上，上半身越過桌面指著Ton的臉揶揄……。

「我知道他為什麼要帶我們來這家餐廳，因為管理學院在這裡開趴，他是為了來看親愛的弟弟。」

「你怎麼知道管理學院的人在裡面？」Ai揚起眉毛表示好奇，翹著二郎腿的腳不停地抖著。

「因為剛才我碰到大二的院花Gan Liu，她手臂上的汗毛依舊那麼正點。」

「很正是不是，難怪剛才跟人家聊那麼久。」

Ai闔上菜單，完全沒在聽服務生確認餐點內容，拉起Nai的手臂便說，「我先帶Nai去好好聊聊。」

「請便，多揍兩下算我的。」Ton淡淡地補上一刀，果然看到Nai狠狠刨他一眼。

居然在這種節骨眼還火上澆油。

可歷史總是驚人的相似，等一下兩人回來時，Nai一定會紅著眼眶，而Ai呢，則是會笑的很燦爛。

「所以你根本是來看弟弟的？」

「看什麼看，巧合而已。」

「那還真是巧，簡直巧翻天。昨天在餐廳碰面，今天又恰巧在人家的宿舍碰到，巧合到一起去吃飯吃冰，人生哪來那麼多巧合？」

「Nai你在說什麼！」

Ton又點了一支菸，視線盯著餐廳裡面看。

因為室內禁菸，Ton不得不待在室外，可裡面的人愈來愈多，變得很不方便觀察。

「都到這個地步，你還不承認自己的心意嗎？這樣吃著悶醋到處跟蹤人家算什麼？」

「我只是擔心小朋友，誰叫他是我弟。」

「笨蛋還嘴硬，還有，你這兩三天也抽太多菸了吧？不

是已經戒掉一陣子了嗎？怎麼 Chon 才剛搬出去，就讓你心情這麼不好？」

「拜託你們別再說我喜歡Chon了，我並沒有喜歡他！」

聽到這，Nai 和 Intha 互相使了個眼神，接著便嘆了口氣道⋯⋯。

「要是等到人家真的移情別戀，你才發現自己真的喜歡他的話，我一定會狠狠取笑你的。」

Ton 對著好友嘆氣，其實他並沒有把跟Chonlathee之間發生的事情告訴別人，唯一的敗筆，就是那一夜他跑去找Nai。

果然Nai知道，全世界都知道。

「糟糕⋯⋯糟⋯⋯糟糕了⋯⋯」

Nai上氣不接下氣地跑回來，一面跑一面嚷嚷，但表情似乎很高興終於逃過一劫。

「發生什麼事了？」

「看，Chon喝了不少酒，好像還被逼著跳舞，現在臉超紅的！」

Ton一聽，屁股立刻從椅子上彈起來，但很快又被Ai跟Nai一人一邊壓制著。

「你們在幹嘛，放開我！」

「Nai、In，你們來幫他提升智商一下。」

Nai悶笑著，慶幸因為Ton的事讓他逃過Ai的毒手。

而且這件事愈來愈有趣，能看到好兄弟這麼狼狽，實在

太好玩了。

「好啊，我等很久囉，Ton你是要去找Chon對不對！」

「對！昨天他說不會喝酒，所以我才想過來看看是不是真的不喝。」

「不是說巧遇？媽的瞎掰！Nai、Ai壓住他……學弟聚餐喝酒干你屁事，你跟他又沒有關係！」

「他是……」Ton被說得啞口無言，使勁想要掙脫Nai和Ai的控制。

「如果你還不能回答自己對Chon是什麼心思的話，你他媽哪裡都不准去。想想看，你像隻瘋狗一樣吃醋，阻擋別人對他示好，還因為他搬家而不爽，這些對他的過度在乎都指著一個事實，難道你還不明白？」

「胡扯，這都是他媽媽拜託我的。」

「不然這樣，你想像一下，假如哪一天有個男生喜歡Chon，把他照顧得無微不至，甚至連Chon的媽媽也認同，這樣你就會同意Chon跟那個人在一起了嗎？」

答案當然是……。

「不要，我為什麼要同意他跟別人在一起？」

「那你再想像一下，假如Chon跟某個人擁抱、接吻、上床……但那個人不是你……」

「你們都給我閉嘴……」Ton握緊啤酒杯，臉色複雜，「反正我什麼感覺都沒有，而且我也不會跑過去找他，我不去……我不喜歡……我不……」

「看！有人抱住Chon，還快要親到他的脖子了！」

哐啷！

「幹！我承認就是了！」

啤酒杯被甩到地上，大個兒理智線斷裂要衝進去的那一刻，Ai突然扯住他的手臂。

「我幫你去處理，你在這裡等就好，像這樣氣沖沖衝進去我怕會出事……」

「不用阻止我，我自己去，對！我承認自己喜歡他，無法忍受他變成別人的，他只能是我的！就算我現在沒有信心可以照顧好他，就算可能會分手、會被拋棄，我也不會讓他變成別人的！」

Ton表情複雜，看著被Ai拉住的手臂。

「Ai，告訴我，你生Nai氣的時候都怎麼扁他的？」

「蛤？」

那個常被扁的人突然大叫一聲，臉頰和耳朵瞬間紅了起來。

而Ai則是舔一下嘴脣，露出微笑道……。

「我用這個扁。」

「用舌頭打人怎麼會痛？」

Ton得到答案後，立刻掙脫Ai的控制衝向Chonlathee所在的位置，可是心裡還是有點疑惑，Ai用舌頭打人怎麼會痛？

就在Ton衝出去之後，所有人都忍不住用手壓住了太陽

穴。

　　Nai呐呐地問，「你們不會跟 Ton 一樣，都以為 Ai 用舌頭打我吧？」

　　「當然不……我們可不是 Ton。」

⚓ 第 16 章

　　Chonlathee被丟在熟悉的客廳沙發上。

　　這裡比傍晚他離開的宿舍寬敞許多，空間裡瀰漫著尼古丁味，證實了這個地方是Ton哥的房間沒錯。

　　看來他不在的這兩天裡，Ton哥抽菸抽得很凶，不然這一款進口香菸的清新味道才不會像這樣瀰漫著整個空間。

　　細小的手臂被固定在沙發椅背上，Chonlathee想坐起身，不料卻被大個兒跨坐在身上。

　　突如其來的動作嚇得他不輕，下意識就抬起一隻腳抵住Ton的胸膛。

　　這下子好了，對方的衣服上頭立刻出現了一道鞋印，Chonlathee這才發現自己連鞋子都來不及脫。

　　「你想做什麼？」

　　他費力地發出沙啞的聲音，呼吸裡還有淡淡的酒精味，連自己都感覺得到身上的熱氣，雖然理智十分清楚，但他想自己現在這模樣應該醜爆了。

　　「如果不對你做點什麼的話，實在太不公平了。」挪開胸口上的腳，慢慢解開制服上衣的釦子，呈現在Chonlathee面前的，是一片炙熱的裸色肌膚。

　　男人胸膛上的船錨刺青相當顯眼，圖案花紋與淡棕色的乳頭幾乎融為一體。

距離實在太近，近到Chonlathee有些承受不住。小手不禁抓住他結實的上臂，想藉此保持距離。

「什麼不公平？我聽不懂。」

「那一天在餐桌邊，你說喜歡我，對我告白，還記不記得？」

Chonlathee望向眼前這雙犀利的眸子，對那裡頭滿是壓抑又熱烈的情緒感到不解。

「是啊，是我說的，所以我才決定離開你的生活。」

「那我不是應該繼續過我的正常生活才對？為什麼當你離開之後，我卻覺得自己好像被偷走了重要的東西，因為不知道你要去哪裡睡而擔心到失眠，那一晚我會傳訊息給你，是因為我已經無法睡在空蕩蕩的床上了，只好出去找地方喝酒，想辦法讓自己冷靜下來。而且不只這樣，我簡直像是神經病一樣，去管院看你有沒有去上課，我平常幾乎不去中央餐廳，但為了找你我去了，看到有人追你我就生氣，一早就去你宿舍樓下等著看你出門，下課後又去等你看回宿舍了沒，等到確定你不會再出門了我才放心，你覺得我是不是瘋了？」

「Ton哥……」Chonlathee用力抓著大個兒的手臂，滿身都是汗。

「結果你看看你，生活過得超正常，染新髮色，改戴隱形眼鏡，跟別的男人聊天時還露出一臉燦爛的笑容。還有，你難道沒有更長的褲子？然後不是說不喝酒？剛才還不知道

在跟誰跳舞，媽的你是我的，我就是捨不得……這種感覺糟透了！」

「我……」

砰咚！砰咚！砰咚！心跳都亂了節奏。

「完了，Chon，我完蛋了。」Ton退了好幾步，踉蹌地坐回自己的腳上。

「怎麼啦，Ton哥為什麼完蛋？」

「我想……我是真的喜歡上你了，現在告白還來得及嗎？」

抿成一直線的脣慢慢張開，直到聽到對方說喜歡時，他還是不敢置信，很想打自己一巴掌，確認這是不是真的。

「你說的喜歡，不是指兄弟之間的那種喜歡吧？」

「不，是像夫妻那種喜歡，這樣講夠清楚了沒？」

瞬間，Chonlathee的腦袋裡像是煙火炸開一樣，腸胃幾乎快要痙攣。

儘管告白的台詞很粗俗，跟他以前幻想過的天差地遠。他想像的畫面，應該是燈光美氣氛佳搭配甜言蜜語，結果事實是他根本不需要那些東西，因為最最重要的，是說出這些話的人。

Chonlathee的心，膨脹到胸口都快要隱藏不住了。

「可我是男生。」

「管他的，誰在乎。」

「我跟你一樣都有那一根喔，你確定你要喜歡我？」

「哪來這麼多花招，我說喜歡你就是喜歡，根本不在乎有沒有那一根的問題。」Ton雙手抱著胸口，轉過身面向Chonlathee，「結論就是我還有機會對不對？你還沒有移情別戀吧？」

「沒有。」Chonlathee搖頭，舉起兩根手指說，「兩天前我是打算放棄喜歡你這件事，但事實證明，怎麼可能這麼快就忘了呢。」

「只有兩天？感覺超久的。」

「是啊，才兩天。」

「你在做什麼，為什麼要掐自己的臉？」Ton好奇地看著Chonlathee摸摸自己的臉，然後用力掐下去。

「我想確定這是不是夢。」

「來，我幫你確認是不是作夢。」Ton再一次跳到他身上，大手左右開弓，用力扯著Chonlathee的小臉蛋。

「噢！痛！」

「不要再喝酒了，我不准你喝，現在酒醒了沒，頭還會不會痛？」

「恢復得差不多了，但時不時還是會感覺到身體很熱，不過只是調酒而已，應該不會太強烈才對？」回答的同時，Chonlathee抓住Ton的手腕，阻止他再繼續捏自己的臉。

兩人這麼一陣打鬧，身體的距離越來越近，四目相交之下，Ton的鼻尖就離他的額頭不到五公分的距離。

「跟我在一起，當我的人之後就不准再讓別人碰你……

拒絕我的話就打斷你的腿。」

「好，我是被恐嚇才答應的喔！」

「欠扁啊你！」Ton的嘴角微微揚起。「不過……要在一起多久才可以親你？」

「呃……我不知道。」

「那三天好了，你的嘴好誘人，然後下一個問題是，要交往多久才可以上床？」

「你也問得太直接了吧？」Chonlathee忍不住碎念，但還是回答。「大概三年？」

「媽的，會不會太久！」

「那你幹嘛問這個，這種事情哪有人會直接問的啦！」Chonlathee推開大個兒把身體坐直，甩一甩還有點暈的頭。

「一個星期可不可以？我們都住在一起那麼久了。」

「這我不敢肯定，但是我有一件事想先告訴Ton哥。」Chonlathee站起身，轉頭對著Ton說。「我現在餓到不行，這是我們在一起之後的第一餐，可不可以先帶我去吃點好吃的？」

果然，不能期待做了大個兒的人之後的第一餐會被帶去高檔餐廳。

因為對方帶他去吃飯的地方，只是路邊的粥店而已。

Ton給的理由是，完全符合要求，簡單又好吃。

拿起筷子準備夾菜之前，Chonlathee忍不住偷笑。

眼睛看著熱騰騰的稀飯，和擺滿整桌各式各樣的菜，這真的只有兩個人要吃嗎？

　　「笑什麼？」

　　「沒事，只是好奇點這麼多怎麼吃得完。」

　　「我都挑你應該會喜歡的東西點，有什麼問題？」

　　「沒有啊，我不挑食。」Chonlathee挪動一下位置，看見Ton幫他舀辣炒海瓜子放在碗裡的時候，忍不住露出燦爛的笑容。

　　但這會兒大個兒仍露出不悅的臉色，眉頭皺得死緊。Chonlathee猜，應該是因為天氣太熱的關係。

　　「餓的話就多吃一點。」

　　「好。」話一說完，Chonlathee開始專心吃飯，只是吃著吃著，就感覺到某人好像拿出手機對著他不知道在幹什麼。

　　「Ton哥在做什麼呀？」

　　「拍你吃飯的樣子，哎呦，嘴角都沾到食物了。」

　　「吼，難看得要命，趕緊刪掉！」

　　可Ton只是笑，修長的手指輕輕挑起黏在Chonlathee嘴邊的飯粒然後吃掉。

　　這舉動讓Chonlathee的臉瞬間紅透半邊天，大個兒看了更樂不可支。

　　「臉紅的時候也好想拍一張。Chon，你大概不知道自己被我偷拍了多少照片放在IG上吧？」

「什麼！你偷貼我的照片？」

「嗯……每天貼，但是前兩天沒貼，因為你不在，我沒人可以拍。」

「怪我囉？啊！我想到了……你之前說過你的IG裡有祕密，難道你的祕密就是偷偷放我的照片？還嘴硬說不喜歡我。」

Chonlathee搖頭假裝無奈，順手舀了勺涼拌生腸給身旁的男人。大個兒雖然不太習慣別人替自己夾菜，卻仍然通通吃個精光。

「我只是不爽有人把你的照片到處貼粉專，所以才會拍下你不經意時的照片貼在自己的IG上。」

「所以你到底是喜歡我，還是討厭我？」Chonlathee的嘴角忍不住上揚，從自己的褲子口袋拿出手機。

「……問什麼問，不是都說我喜歡你了？」

「那我要追蹤你的IG，按接受吧，你設定成私人帳號了。」

「你知道我的IG帳號？」

「你有什麼事情是我不知道的。」他點開很少使用的APP，按下追蹤請求的按鍵……然後立刻就被接受了。

接下來的時間，餐桌上變得異常安靜。

Chonlathee慢慢地把飯菜送進嘴裡，另一手拿著手機滑IG看照片。

他這才發現，Ton哥上傳IG的照片大多是他沒有察覺

到的時候拍的。

像是睡覺、打呵欠，還是剛睡醒一臉睡眼惺忪的模樣，按讚留言的人不多，大部分都是Ton哥好朋友在下面的開玩笑留言。

「你知道嗎？我中學的時候還有粉絲團，那些人像神經病一樣偷拍我的照片PO上網，我覺得隱私被冒犯，所以才很少玩社群網路，現在想起來，他們貼的照片就跟你貼的這些很像！」

「難怪你幾乎不玩臉書和IG，等一下，剛才你是在罵我神經病？」

「我什麼都沒說唷，是你心虛吧。」他笑著取笑Ton哥，同時放下手裡的筷子。

「我才不是你的粉絲團（fan club），我是你的男朋友（fan krub），所以我可以貼你的照片，但別人不准！」

「是是是，男朋友就男朋友，以前你不是會貼在臉書上嗎？怎麼現在改貼IG啦？」

「臉書好友多，IG比較有隱私。」

「噢……那我們要不要來拍一張合照，我想設成手機桌布。以前看同學交男朋友的時候，好像都會這樣做。」Chonlathee摸著後頸，假裝望向其他地方。

其實是他從沒想過能跟暗戀已久的對象交往，所以突然要有親密的互動，讓他覺得好害羞。

剛才提議一起出來吃飯，另一個原因也是因為和Ton哥

同處一室有些尷尬，想說至少出來一、兩個小時讓自己冷靜一下也好。

「用誰的相機？」

「用我的好了。」

Chonlathee稍微調整位置，高舉起手機，只見螢幕上清楚顯示他的臉，但身旁的人卻只入鏡一半。

「我去你旁邊。」話才剛說完，Ton便拿過手機，粗壯的手臂搭上Chonlathee的脖子，把臉湊近。「想擺什麼姿勢，臉貼臉、親臉、親頭……你喜歡哪一種？」

「你好像很熟悉耶，我還是不要拍了。」

「……幹嘛？」

「我看過你跟Amp姊拍這些姿勢。」Chonlathee淡定地搶回Ton手上的手機，發現剛剛只拍了兩張，一張模糊，另一張他的嘴巴張太大，結論是兩張都不能用。

……我還真難搞。

「不高興？」

「沒有啊，我在想要不要換個氣氛好一點的地方拍，而且得是你跟Amp姊沒去過的地方。」說到這，Chonlathee頓了頓，面露不安問，「你會覺得我很難搞嗎？」

「你知不知道我喜歡你哪些地方？」結完帳，Ton牽起Chonlathee的手，慢慢走向車子停放的地方。

「不知道。」

「我喜歡你可以講道理，不難搞，所以跟你在一起的時

候感覺很安心。」

「假如有一天我變得難搞、不講理的話，你打算怎麼辦？」

「怎麼可能啊，我知道你不是那種人。」柔軟的髮絲被溫暖的大手輕輕地安撫，Ton垂下眸子，攔住正要上車的Chonlathee，「但如果有一天你真的打算改變的話，請不要太蠻橫，我真的不太會哄人。」

「少胡思亂想，你別惹我生氣不就好了。」Chonlathee沿著手臂，將手順勢滑到Ton的指尖，纏綿了一會兒才放開溫暖的手掌。「我不會難搞的啦，會盡量乖乖的，因為你是我想都沒想過可以在一起的人，所以我會用我的一切好好珍惜你。我們交往之後，在我面前你可以任性，可以宣洩所有不如意，我只求一件事，那就是希望你對我忠誠，假如有一天你不愛我了，想離開我去跟誰在一起，我都不會阻止你，只求你先告訴我。」

「就是因為你是這樣的人，叫我怎麼能不喜歡你呢？Chon。」

交往之後睡前要怎麼做……？
交往之後睡前要怎麼做……？
交往之後睡前要怎麼做……？

不知道啦！

回程路上，Chonlathee一直處於驚嚇狀態。而起因則是剛才Ton臨時停車，去小七買了保險套和潤滑液回來。

到底大個兒想做什麼？不是說好一個星期接吻，等交往久一點再那個嗎？

現在是怎麼一回事？

Chonlathee內心發慌，有滿腦子的疑問，卻什麼也不敢問。

走出浴室之前，Chonlathee先用毛巾擦拭濕潤的淡色頭髮，心想著結果今晚又回原本的宿舍過夜了，那個大個兒連讓他回去拿換洗衣服都不肯，他只好穿著對方的睡衣，任憑不合身的衣服在身上晃啊晃的。

「你洗好了沒，換我洗了。」

「好了好了，我馬上就出去。」Chonlathee喊著，但其實對方根本看不見。

站在浴室內，Chonlathee做了好幾次深呼吸，不過他發現自己已經沒有時間做心理準備了，今晚不管發生什麼事，他都只能去面對。

「Chon，都一點了，趕快讓我進去洗澡，我好睏！」

「你很吵耶，進去進去！」他故意大聲喊著來掩飾自己的害羞，反倒是Ton哥跟平常沒啥兩樣，他忍不住反省了一下，或許只有他在想那檔事而已？

只是才剛剛告誡過自己，Chonlathee馬上又克制不住幻想，如果今晚真的被攻陷的話，應該要稍微意思意思反抗

一下吧？

但仔細感受一下，沒有，完全沒有那種跡象……算了，如果是這樣的話，他自己也應該用平常心自處比較好！

結果才十分鐘，Chonlathee前腳才剛踏上床，就聽到浴室門打開的聲音。

回頭一看，Ton哥只穿了一條褲子當睡衣，可男人胸口的船錨刺青和腹部性感的線條，卻激起他相當強烈的反應。

不要看……不能看！

Chonlathee滿臉通紅，用習慣的側躺姿勢趕緊躺進被子裡，雖然腦子裡始終盤旋著色色的事情，但是他的嘴卻喊出……。

「記得關燈喔！」

大燈熄滅後，眼前一片漆黑，因為瞳孔還沒有適應黑暗環境，感官立刻被放到無限大。

他的耳朵能聽到Ton哥走近的聲音，也能感覺床鋪往下陷了一塊，兩人共躺一張床，彼此之間卻許久都沒有對話。

Chonlathee沉默著，可腦子一想起那盒保險套和潤滑液，全身立刻變得僵硬起來。

所以今晚會發生什麼事嗎？應該不會吧？

儘管是這樣告訴自己的，可他察覺身後人一直在翻身，呼吸也變得好大聲，最後，一雙手終於從後面抱住他。

「Chon……」

「嗯？」他緊閉眼睛，感覺有一股熱氣噴在脖子後面。

Chonlathee開始思考，這麼近的距離，他要反抗幾次才不會被當成太隨便呢？

　　　　　　　　　　　　　　　　　上冊完

國家圖書館出版品預行編目資料

同心啟航 / Nottakorn著；璟玟譯. -- 初版. --
臺北市：臺灣東販股份有限公司, 2021.04
208面；14.7x21公分
譯自：Thonhon chonlathee.
ISBN 978-986-511-656-9(上冊：平裝).

868.257   110002874

Published originally under the title of Thonhon-Chonlathee
Author: Nottakorn
Traditional Chinese Edition rights under license granted
by Satapornbooks Co., Ltd.
Traditional Chinese Edition copyright
© 2021 Taiwan Tohan Co., Ltd.
Arranged through JS Agency Co., Ltd, Taiwan
All rights reserved

同心啟航（上）

2021年4月1日初版第一刷發行

作　　者　Nottakorn
封面繪師　瑞讀
譯　　者　璟玟
編　　輯　魏紫庭
美術編輯　黃郁琇
發 行 人　南部裕
發 行 所　台灣東販股份有限公司
　　　　　＜地址＞台北市南京東路4段130號2F-1
　　　　　＜電話＞(02)2577-8878
　　　　　＜傳真＞(02)2577-8896
　　　　　＜網址＞http://www.tohan.com.tw
郵撥帳號　1405049-4
法律顧問　蕭雄淋律師
總 經 銷　聯合發行股份有限公司
　　　　　＜電話＞(02)2917-8022